DISTOPÍA

Memorias Eróticas de un Encerrado

Libro I

DISTOPÍA

3

Memorias Eróticas de un Encerrado

Libro I

Rodrigo Fernández Chois

… A ellas.

¡Con cariño, pasión, deseo y amor!

PRESENTACIÓN

Esta serie de memorias fueron creadas durante mi aislamiento preventivo obligatorio en la ciudad de Cali, Colombia; por causa de la pandemia mundial decretada por la Organización Mundial de la Salud en el 2020 y originada como consecuencia de la enfermedad COVID-19 producida por el virus SARS-CoV-2.

El aislamiento ordenado por el gobierno me obligó inmediatamente a suspender con mucho pesar la actividad que venía desarrollando como administrador y propietario del Club LadiesNight, un bar exclusivo para mujeres cuya especialidad son los shows de streppers y la celebración de despedidas de soltera. Escribo en presente porque guardo el ferviente deseo de que mi club vuelva a operar cuando todo pueda volver a la normalidad.

Durante la obligada y estricta cuarentena a la que me vi sometido decidí escribir estas eróticas líneas como una terapia para que el aislamiento, la preocupación y el estrés ante un mañana distópico de tintes apocalípticos, no me aniquile emocional, anímica y físicamente. Fue así como estas memorias vieron la luz y se materializaron, con el pasar de los aislados y recelosos días, en sorpresivos caracteres que reflejan, con su grafía, las memorias y experiencias que abrigaba en el más profundo de los baúles de mi mente.

Las vivencias eróticas narradas han sido construidas, como los son la inmensa mayoría de las que se cuentan en el universo literario; con experiencias, hábitos y costumbres secretas de su autor. Sin embargo, aunque huelga decirlo, es pertinente aclarar -y lo hago con una sonrisa en mi rostro- que cualquier parecido que tengan las memorias aquí narradas con la realidad es pura coincidencia.

Cuando de biografías se trata, es prudente recordar las palabras de Aristóteles… Nunca alcanzamos la verdad total, ni nunca estamos totalmente alejados de ella.

Finalizo esta corta presentación dándole gracias a la entidad, cosa o como quiera que se le quiera llamar al microrganismo que hizo posible el nacimiento de esta obra…

¡Gracias Coronavirus!

PRÓLOGO

Querida lectora, digo lectora porque en principio estas picantes y libidinosas líneas han sido concebidas especialmente para las hermosas y misteriosas hijas de Eva, aunque no es extraño que sus seguidores, los machos de la especie, se vean también tentados a degustar de este particular fruto.

Vuelvo al inicio...

Querida lectora. Te encuentras a punto de recorrer conmigo un picante y fascinante laberinto creado por la libido que alimenta y enciende todo mi ser. Un intrincado conjunto de pasajes que se gestan y nacen en mi obligado encierro en el que el delirio, la pasión y, sobre todo el reprimido deseo; se convierten en tres musas mucho más libidinosas y pervertidas que aquellas que suelen inspirar a los hombres en los sitios abiertos, libres e inmunes a todo mal.

Sí, estas Memorias Eróticas son las de un hombre encerrado en un entorno distópico. Un hombre que ha sabido enamorar, conquistar, seducir, y amar por su confesa condición de admirador de la naturaleza, y exquisita esencia femenina. Pero que ha tenido que contener y reprimir al extremo su deseo por causa de un inmisericorde encierro.

¡Cuidado! el laberinto por el cual estás a punto de transitar, se convierte en su interior, con cada paso que avances, en un entorno más perverso, más fascinante, más cautivante. Se bienvenida a la incursión en la oscuridad del deseo no confesado, a un viaje de caricias en pieles prohibidas, y a una singular experiencia de desenfrenada lujuria.

Este es el primer libro de mis Memorias Eróticas... Metafóricamente te encuentras a punto de jugar en los jardines del laberinto de mis más profundas y calientes reminiscencias. Es, sin duda, el primer movimiento de una erótica y gran sinfonía que iras saboreando, conociendo y gozando poco a poco...

Comienza entonces, querida lectora, con este, mi dulce adagio.

CAPÍTULO I

Cuarto Día de la Cuarentena.

Las predicciones que había hecho con respecto al desafortunado ranking mundial de los países contagiados como consecuencia de la pandemia se cumplieron, incluso mucho antes de lo que esperaba.

Pero hoy no voy a preocuparme del virus ni en las posibles consecuencias de su expansión.

Me encuentro tranquilo meciéndome en mi hamaca mientras escucho la sensual voz de Sarah Brigman en mis audífonos inalámbricos.

Cierro mis ojos por unos instantes tratando de poner en blanco mi mente, un ejercicio que ocupa el primer lugar entre las cosas que más me cuestan trabajo.

Cuando la soprano deja de cantar me da curiosidad de cuál será la canción que sigue en la lista de reproducción aleatoria que programé.

Entonces comienza a sonar "Puedes dejarte el Sombrero puesto" de Joe Cocker. Me río por tan singular mezcla musical; sin embargo, noto que la nueva melodía me acelera un poco el pulso, me alegra y me trae recuerdos.

Decido entonces reprogramar la lista de reproducción y permitir que sólo suenen los discos que formaron parte de la banda musical de la película Nueve Semanas y Media, una cinta de los ochenta equivalente a lo que podría ser hoy las Cincuenta Sombras de Gray, pero mil veces mejor. Pienso que ambas películas se basaron en sendos libros escritos por mujeres. Y ambos los leí.

El disco que siguió enseguida me transportó a los años noventa: "Slave to Love" de Bryan Ferry. Me río recordando aquella travesura.

Cierro mis parpados y la recreo mental y nuevamente...

*****

Estoy en el pent-house del barrio El Bosque. Miro mi reloj: las cinco y media.

"Ya casi llega ella", me digo.

Me asomo por la ventana y veo que su carro gris ya está parqueado al frente de la entrada del edificio. Tomo el citó fono antes de que timbre y le doy las instrucciones al portero para que la deje seguir.

Las puertas del ascensor, que llega directamente al interior de cada apartamento del edificio, se abren y me sorprendo con lo que veo.

Ahí está ella, alta, hermosa, exuberante. Una morena escultural, desafiante y muy sensual.

"Estás muy sexy" le digo mientras le doy la bienvenida con un largo beso y apretándola contra mi cuerpo.

"Muy puntual, me gusta."

"Siempre" me responde coqueta ella.

Esa mujer me inspira mucho erotismo. Sus labios grandes y provocativos encienden inmediatamente mi imaginación. Ojos negros, grandes y expresivos que me incitan a dejarlo todo en ese momento y entregarme a la más fecunda lubricidad. Pero habíamos quedado en salir a comer esa noche por lo que decido controlar mi instintivo apetito. Sin embargo...

La tomo de la mano y la conduzco a mi habitación.

"¿No que íbamos a ir a cenar? me pregunta ella con malicia. Le sonrío y no le contesto.

Sí, he planeado ir a cenar, pero quiero que sea una noche especial. De hecho, quiero que sea una noche inolvidable, me digo a mí mismo.

"Espérame un momento" la beso y le guiño un ojo.

Ella se sienta en mi cama mientras yo ingreso al pasillo que sirve de vestier y que conduce al baño de la habitación.

Entro al baño y saco de uno de los cajones una venda, unas tijeras y un frasquito con pegante. Deposito todo sobre el mesón del lavamanos y me dirijo al ropero. Busco una camisa blanca de mangas largas, unos pantalones negros de dril y un cinturón. Me asomo a la habitación. Ella permanece sentada en la cama con sus ojos cerrados y su fino rostro en dirección al techo.

"Ven" le digo y le hago la señal con mi dedo índice para atraerla.

Ella se pone de pie y obedece.

"Rodri, ¿qué estás haciendo?"

La observo. Que despampanante está. Le tomo ambas manos y se lo suelto:

"Quiero que te disfraces para mí… Y que nos vayamos a cenar así."

Ella se queda mirándome unos instantes y se ríe.

"Estás loco… ¿Y de que quieres que me disfrace? ¿De mucama, de enfermera?" Me pregunta con picardía.

"No, no, no. Quiero que te recojas tu cabello, te pongas este pantalón y esta camisa. Quiero jugar a convertirte en un hombrecito esta noche", río.

Abre sus ojazos negros. Se queda unos segundos procesando lo que le acabo de decirle.

"OK, hagámoslo", dice y me lanza una mirada traviesa.

Se descalza y se desviste sensualmente delante mío. Queda sólo con una erótica tanga y un sostén del mismo color. Tiene un cuerpo espectacular: piel canela, curvas pronunciadas y un majestuoso pecho.

"Espera un momento… ¡Debemos hacer bien las cosas!", le digo. Y le paso la venda. "Con esto podremos disimular tus senos."

Ella me mira y sonríe. Me encanta como me sigue el juego.

Se quita el sostén y poco a poco se envuelve con la venda aprisionando sus pechos. Un par de vueltas fueron suficientes. Quedaron muy bien disimulados, pienso. Luego se viste completamente con las prendas que le pasé.

Con satisfacción advierto que los zapatos de suela baja que traía consigo no serán problema para la pantomima.

"Tendrás que recogerte el pelo con una moña" le digo.

"Tengo una en el bolso".

Va por ella y recoge de manera prodigiosa su melena negra rizada.

"Espera un momento", le digo. "Necesito un poco de tu cabello" y le entrego las tijeras.

"¿Me vas a hacer brujería o qué?"

"Te voy a hacer un bigote" le contesto.

"Estas perdidamente loco".

Corta un pequeño mechón. Me lo entrega y le indico que se siente en el sanitario. Con la meticulosidad de un cirujano aplico un poco de pegamento sobre su labio superior y luego, de uno en uno con los pelitos, creo un bozo. Me impresiono del resultado. Ella se pone de pie y también se asombra al verse en el espejo.

“Es muy real, me gusta” dice tocándoselo.

Me separo de ella y la miro de arriba abajo. Con los pantalones, la camisa blanca por dentro, el cinturón, el cabello recogido y el bozo podría pasar por un hombrecito de unos, digamos, dieciocho años.

“Parezco un poeta o una especie de artista” apunta ella contemplándose en el espejo.

¡Claro!, ya sé lo que falta. Abro uno de los cajones y saco una boina negra que había comprado en un viaje.

“Ponte esto.”

Le arremango las mangas de la camisa, me quito mi reloj de pulsera y se lo coloco a ella.

"Ahora sí, estas perfecta. Es hora de irnos."

Tomamos el ascensor. Menos mal llega directamente al sótano y no tenemos que pasar al frente del portero. Quiero hacer una farsa, pero no aquí.

Nos subimos a mi carro y salimos del edificio. Esta noche quiero comer pasta en un pequeño restaurante que conozco. Ella no deja de mirarse en el espejo de la visera.

“Definitivamente vos sos muy raro, un loco”. Y mientras la luz del semáforo está en rojo se abalanza sobre mí y me estampa un gran beso.

“Mi loco” susurra en mi oído.

Llegamos al restaurante. Parqueo sobre la calle, casi que al frente de la entrada. Ingresamos y nos atiende inmediatamente un muchacho vestido con un delantal verde.

“Buenas noches señores, ¿mesa para cuántos?”

Ella se ríe. Yo le aprieto una mano.

"Para dos, por favor"

Nos sentamos en una mesa casi que en el centro del recinto. Es un restaurante pequeño, acogedor y decorado con fotos e imágenes de Italia. A nuestro alrededor hay pocas mesas, dos de ellas ocupadas por dos parejas jóvenes.

Nos acomodamos uno frente al otro en una mesa pequeña. Al fondo suena una canción de Vasco Rossi. El mesero nos entrega la carta a cada uno.

"Para mi unos ravioles a la Boloñesa" le digo.

"Yo quiero penne rigate con salsa de champiñones por favor" dice ella sin quitarme la mirada y sonriendo pícaramente.

"Con gusto… ¿Y los señores desean vino?"

"Tráiganos por favor una botella de vino tinto"

Y le señalo mi elección en la carta.

Cuando se retira el mesero, le tomo la mano y comienzo a jugar con su pulgar. Sus ojos brillan.

Las parejas que están a nuestro alrededor nos miran disimuladamente. Nos sonreímos el uno al otro de manera cómplice.

Llega el mesero con la botella de vino tinto y dos copas. La descorcha y le hago la indicación de que le sirva primero a ella. Me echo para atrás mientras observo la incomodidad que genera en ella tener que hacer el papel del hombre que aprueba el vino.

"Esta perfecto" le dice de manera rápida y mirándome.

"La copa se debe tomar del tallo para que no se caliente el vino" le digo. "Brindemos por los dos, por esta noche."

Y entrelazo mis dedos con los suyos mientras con la otra mano hacemos ambos el ritual del brindis. Las dos parejas nos observan y cuchichean.

La cena estuvo estupenda. Conversamos de muchas cosas y nos terminamos la botella de vino.

Ella se quita uno de los zapatos y comienza a jugar con su pie en mi entrepierna. Lo tomo entre mis manos y comienzo a acariciarlo mientras observo el placer que le produce mi masaje. Mi juego le está subiendo la temperatura. ¡Nos está subiendo la temperatura!

Suelto su pie, tomo las dos copas y tras ubicarlas con cuidado en el borde de la mesa me acerco a ella. Con mi mano comienzo a acariciar con suavidad su mejilla. Entonces me aproximo para besarla.

Las personas a nuestro alrededor están en shock.

El beso es largo, sensual. Permito que nuestras lenguas jugueteen por unos instantes. Me separo de ella y veo que el boso se está despegando. Me río. Sus ojos me devoran y yo también siento que el deseo comienza a apoderarse de mí. Llamo al mesero y le pido la cuenta. Pobre tipo, está bien inquieto y nervioso con nuestra presencia. De hecho todos en el restaurante lo están.

"Ya torturamos bastante a esta pobre gente —le susurro a ella mientras le doy un segundo beso-, es hora de irnos".

Pago la cuenta y sin soltar su mano salimos riendo del restaurante. Todos nos siguen con la mirada.

En el coche le quito la boina, le suelto el cabello y la beso con pasión. Mis dedos comienzan a jugar y a enredarse en sus negros rizos. Corro hacia atrás la silla del conductor y ella se sitúa de frente a mí. Encima mío. Nos seguimos besando con absoluto deleite.

Se separa unos instantes y me mira con sus grandes y profundos ojos.

“Gracias Rodri, ha sido una noche muy especial”

Le pongo mi dedo en sus labios,

“No. La noche apenas comienza.” La invito a que retorne a su asiento, enciendo el motor y comienzo a conducir hacia mi apartamento.

*****

Jessie, mi perrita me saca de mis recuerdos. Detengo entonces el reproductor de música, me quito los audífonos y me bajo de la hamaca.

“¿Quieres que te acaricie?”

Mientras jugueteo con la perrita vuelvo poco a poco a la realidad, me hago consiente de que estamos en Cuarentena… Y vuelvo a pensar en el virus.

CAPÍTULO II

Cuarto día de La Cuarentena.

Me entretengo unos minutos con Jessie, mi perrita, y luego me dirijo a la cocina con la intención de beber un poco de agua. Mis dos hijas esta noche no quisieron intentar el juego de mesa que les propuse. Ambas, encerradas en sus cuartos, me confirman la aislada actitud propia de la adolescencia, haya o no Cuarentena.

Programo nuevamente mi "playlist" en el reproductor de música. En esta ocasión opto por un suave jazz. Apago las luces de la estancia, me acomodo los audífonos inalámbricos y retorno a la hamaca.

Las notas suaves de un saxo no tardan en hacer efecto. Cierro los ojos y regreso justo al momento de evocación que me había hecho abandonar abruptamente Jessie hace tan solo unos cuantos minutos.

Vuelvo entonces a verme a mí mismo con treinta años, soltero y sin mis dos hijas. Creo que era el año 1999 o tal vez el 2000.

*****

Estoy besándome con ella en mi carro. Ella se separa unos instantes y me mira fijamente con sus grandes y profundos ojos negros.

"Gracias Rodri, ha sido una noche muy especial"

Le pongo mi dedo en sus carnosos labios,

"No... La noche apenas comienza."

La invito a que retorne a su asiento al lado mío, enciendo el motor y comienzo a conducir en dirección a mi apartamento.

Me doy cuenta de que el vino me ha hecho efecto por lo que conduzco a baja velocidad.

Ella, juguetona enciende la radio, baja la visera abriendo el espejo que allí se encuentra y comienza a acomodar su profusa melena.

En la emisora que sintonizó se escucha "Believe" de Cher... Ella comienza a corear:

"Do you believe in life after love,
I can feel something inside me say,
I really don't think you're strong enough."

La miro y me río... El vino también ha hecho efecto en ella.

Me enruto por la Avenida Sexta, no hay muchos vehículos a esa hora. Mientras conduzco mi mano derecha busca su rodilla y muslo. Ella la toma, entrelaza sus dedos con los míos y la lleva a su boca para besarla sin dejar de corear al ritmo de Cher.

Llagamos muy rápido al edificio y el portero nos abre la puerta eléctrica del garaje que nos conduce al sótano. Parqueo con cuidado, descendemos del auto y la tomo de la mano para dirigimos al ascensor.

Las puertas se abren inmediatamente presiono el botón de llamada.

Introduzco con cuidado la llave que corresponde al séptimo piso, la giro y el elevador comienza a remontar.

La tomo a ella por la cintura y la coloco frente al espejo que hay en la parte posterior del ascensor para poder vernos en él. Yo estoy detrás de ella sujetándola.

"Vos sos un loquito. Sabía que eras diferente a todos los hombres que he conocido, pero no tanto"

Me sonríe y me lanza una mirada muy sexy.

No le contesto, sólo comienzo a recorrer con mis labios el contorno de su oreja e incluso juego con su arete. Se eriza, sonríe mordiéndose los labios y comienza a respirar entrecortadamente.

El ascensor de detiene y abre sus puertas. Ingresamos los dos al apartamento, enciendo luces y abandono las llaves que traía en la mano y las dejo sobre la pequeña mesa que se encuentra al lado derecho de la entrada.

La zona social del pent-house es bastante amplia.

Una sala de cuero verde con un bonsay en la mesita de vidrio de centro. En paralelo se aprecia un comedor antiguo estilo Luis XV y una mesa de billar pool cubierta con un cobertor gris.

Los muros están totalmente decorados con cuadros de gran formato todos figurativos y eróticos. La única excepción es una pared de fondo en la que hay un mueble de madera incrustado que contiene una biblioteca, un equipo de sonido, una colección de Cd y un mini bar. Se aprecia también un gran ventanal que se extiende de pared a pared y que al no albergar cortinas ofrece una espectacular vista del cerro que opaca a todos los cuadros de la estancia.

"¿Algo de tomar?" le pregunto.

"Sí Rodri... Pero voy al baño primero ¿vale?"

Mientras ella se dirige a la habitación yo camino hacia el mueble de madera. Busco entre los CDs algo especial y después de ver varias posibilidades termino decidiéndome por el primer disco que sacó Enigma.

Lo inserto en el equipo y con el control remoto hago que comience a sonar la música. Luego busco en la pared el regulador para bajar un poco la intensidad de las luces. Siento con satisfacción que he creado una atmósfera muy especial para el momento. Entonces me fijo en el bar para ver que puede construir mi imaginación.

Hay ginebra y un poco de vermut por lo que me dirijo a la cocina, abro la nevera y confirmo con agrado que tengo un frasco de aceitunas deshuesadas. ¡Perfecto!

Saco de uno de los cajones la coctelera de aluminio, un par de palillos largos y dos copas de vidrio estilo Martini. Abro nuevamente la nevera, tomo el frasco que contienen las aceitunas y me hago a uno de los moldes plásticos que contienen hielo. Lo estrujo, dejo caer varios cubos dentro de la coctelera y vuelvo a dejar el molde medio vacío en la nevera.

Retorno a la sala con mis manos llenas. Coloco las dos copas, el frasco de aceitunas y la coctelera sobre la mesa del comedor. Voy al mini bar y tomo el par de botellas. Una de ginebra Bombay Sapphire y la otra de Vermut extra seco Martini. Vierto con cuidado ocho partes de ginebra y una del vermut en la coctelera utilizando la pequeña tapa aluminio de la coctelera que sirve también como dosificador.

Comienzo entonces a agitar con fuerza el envase hasta que el frío del metal comienza a quemar mis manos. Quito la tapa y vierto el brillante líquido en ambas copas. Destapo el frasco que contiene las aceitunas y engarzo un par en un palillo. Repito el acto con el segundo palillo y los dejo caer con gracia en cada copa. Las sujeto con cuidado para no regar su contenido y las deposito sobre la mesa de pool que está protegida con un cobertor de plástico gris.

Me separo unos pasos y contemplo contento mi creación. Las dejo allí y me dirijo al baño social con el propósito de aplicarme un poco de colonia.

Recuerdo que había dejado ahí un frasco de Ultraviolet de Paco Rabanne. No puedo ingresar al baño de mi habitación a buscar mi perfume favorito porque ella está allá, pero pienso que este bien cumple su finalidad.

No tardo en encontrarlo en el fondo en uno de los cajones. Me aplico unas cuantas gotas en las muñecas, cuello y mejillas mientras reparo en mi reflejo en el espejo. Acomodo mi camisa dentro de mi pantalón, arreglo un poco mi cabello y retorno a la sala. La música de Enigma continúa sonando, el tema es Princípples of Lust... Sonrío cuando pienso que traduce "Los Principios de la Lujuria".

Ella me sorprende dándome un abrazo por la espalda. Me giro e inmediatamente confirmo que volvió a vestirse con el jean ceñido y la blusa que traía puestos cuando llegó esa tarde a mi apartamento... ¡Y noto que se ha arreglado para mí! Eso me gusta.

"Me gusta cómo te queda ese jean. Y definitivamente me atraes más sin bigote" río.

Ella se sonroja. "Te dejé tus cosas sobre la cama." Me dice y extiende su mano para entregarme el reloj de pulsera.

Lo tomo y lo dejo sobre la mesa al lado de las botellas.

"El tiempo ahora no me interesa" le digo.

La tomo de la mano y con la otra le ofrezco una de las copas del cóctel que había dejado sobre la mesa de pool.

"Te prepare un Martini. Espero que te guste."

Mira su contenido y comienza a jugar con el palillo que tiene las dos aceitunas. Entonces alza su copa y sosteniéndola frente a mí me pregunta con esa sonrisa coqueta que me encanta:

"Y ahora... ¿por qué vamos a brindar?"

"Por una noche donde nos duelan los cuerpos al día siguiente" le digo sin apartar mis ojos de los suyos.

Agarro mi copa.

"Salud"

Ambos tomamos un largo sorbo del frío Martini sin dejar de mirarnos.

La música de Enigma continúa... Ahora está sonando Gravity of Love.

Tomo su copa y la mía para dejarlas sobre la mesa del comedor.

Me acerco a ella y comienzo a besarla suavemente. Mis labios juegan con los suyos, especialmente con el labio inferior al cual le doy un pequeño, suave, y prolongado mordisco.

Mis manos aprietan sus caderas mientras las suyas buscan el borde de la mesa de pool para apoyarse.

Su lengua de manera tímida comienza a jugar con mis labios confiriéndome la licencia para que la mía explore con más profundidad e interactúe con la suya.

Permanecemos unos instantes concentrados en un intenso y apasionado beso que nos permite saborearnos el uno al otro.

Me separo, tomo de su copa que había dejado sobre la mesa del comedor el palillo con las aceitunas y comienzo a jugar con ellas en sus labios. Ella se ríe y de un mordisco atrapa las aceitunas. Entonces tomo la copa y le doy de beber otro poco de su Martini. Dejo nuevamente la copa sobre la mesa, la tomo de la mano y la conduzco frente al gran ventanal del apartamento.

Afuera es de noche, y todo está muy oscuro; salvo unas tres o cuatro lucecillas que se alcanzan a divisar a lo lejos y que presumo son de casas campestres.

Ella se para frente a la ventana mientras yo detrás suyo comienzo a besarle el cuello y el contorno de su oído. "Ah pícara, te quitaste los aretes", pienso.

La beso con calma deleitándome con el agradable sabor y la textura que me brinda su piel canela.

Mis manos juegan y se enredan en sus negros y frondosos rizos. Abro mis ojos un instante y contemplo el reflejo de su hermoso rostro en el vidrio de la ventana. Su cabeza inclinada hacia atrás, sus labios semi abiertos y sus parpados cerrados ostentando unas largas y bellas pestañas.

Sin dejar de besarla en el oído, deslizo mis manos por el interior de su blusa para acariciar su vientre terso y las encumbro para concentrar mi tacto en sus dos pechos. Los masajeo suavemente por encima del delicado sujetador… Son grandes, firmes y muy, pero muy bien formados.

Le quito la blusa con gracia mientras beso ahora sus desnudos hombros. Mis manos con pericia se concentran en desabrochar el sujetador. Ella, que permanece aún de espaldas a mí, sube sus brazos y con sus manos comienza a acariciar mi cabeza.

Mi masculinidad no tarda en despertar y comienza a ejercer una atrevida y fuerte presión a través de mi pantalón en su redondeado trasero.

Dejo que el sujetador se deslice suavemente al suelo. Mis manos comienzan a escalar con suavidad sus senos desnudos sintiendo como los pezones con la turgencia se convierten un par de finas piedras.

"Me tienes a mil" me susurra.

Mis manos ahora se escurren hacia abajo y se topan con el botón de su jean. Lo desabrocho y bajo la corta cremallera con mis dedos. Abro un poco de espacio e introduzco mi mano para comenzar a acariciar su entrepierna por encima de la tela de la tanga.

Siento enseguida su humedad por lo que con mi dedo del corazón hago presión y construyo pequeños círculos en donde sé que está su secreto centro de placer; su perla. Mi otra mano retorna a uno de sus senos y lo palpo, lo masajeo con varonil placer. Mi boca no deja de besar sus hombros, cuello y oídos.

"Voltea" le susurro.

De frente puedo contemplar plenamente sus senos. ¡Son perfectos!

Me acuclillo y con mis dos manos agarro los bordes laterales de su ceñido jean y lo bajo con cierta dificultad. Ella ya se había quitado los zapatos sin darme cuenta. Viendo que estoy en dificultades ríe y me ayuda con sus pies descalzos a quitarse ella misma su pantalón. Primero una pierna, luego la otra y finalmente lo empuja lejos con su pie.

Mis ojos se concentran en su entrepierna. Su ombligo y el tenue caminillo de vellos que desciende en línea recta a su monte de venus.

Le quito lentamente la tanga. Voy sintiendo la misma emoción que un niño al abrir un regalo de cumpleaños; y para mi satisfacción, descubro que está totalmente depilada. Si piel tersa y suave invita a ser besada.

Recorro con mi lengua la parte baja de su ombligo, el caminito de vellos. Ella me acaricia el cabello con sus dos manos.

"Ven" me dice.

Y me invita aponerme en pie. Me desabrocha los botones de la camisa, me la quita y la tira lejos.

"Me encanta como hueles" me dice, "Creo que es de las cosas que más me gustan de ti"

Y entonces me besa con una vehemencia inusitada, desconocida. Sus manos comienzan a desabrochar con furia mi cinturón y luego continúan con los botones de mi pantalón.

"Tú también estás a mil" me musita riendo y agarra mi hombría.

"Desde que estábamos en el restaurante" le contesto riendo.

"Sí, mi pie se dio cuenta" me susurra sin soltarme y volviéndome a besar.

Me despojo de los zapatos, las medias, el pantalón y el bóxer. Siento el contacto de su piel con mi piel.

La comunión de nuestros cuerpos desnudos es una sensación maravillosa, placentera.

Ella continúa acariciando con firmeza mi miembro. Yo me concentro nuevamente en sus pechos. Beso y juego con sus pezones. Mi lengua, labios y respiración actúan sobre ellos. Su hinchazón persiste y noto con sus suspiros como le agrada que los haga parte de mi juego.

"Estoy súper mojada… ¡Te quiero dentro!" Me suplica.

Me volteo, quito el cobertor de la mesa de pool y lo dejo caer a un lado de la mesa. Luego la tomo de los costados y la ayudo a sentarse sobre en ella.

"Recuéstate" le pido.

El paño que cubre la mesa de pool es verde, suave, motoso. Ella obedece y su sexo queda completamente expuesto.

Abro sus largas y contorneadas piernas para comenzar a besar la suave piel del interior de sus muslos.

Mis manos sujetan sus pies desnudos mientras me acerco lentamente con mi boca a su vulva. Es bonita.

La beso y comienzo a mover lentamente mi lengua a través de los rosados, hinchados y húmedos pliegues. Ella comienza a ronronear como una gatita.

"Me gusta tu sabor" balbuceo sin quitar mi boca de aquella fuente de placer.

Sus manos agarran mi cabeza y siento como sus dedos entrelaza con ternura mi cabello. Me concentro en su centro de lujuria. Evidencio que estoy ante un delicado botón que aflora con una encantadora intensidad rosada.

Mientras mi lengua dibuja garabatos sobre él, mis manos tantean buscando mi pantalón. Con el rabillo del ojo confirmo que no está al alcance de mi mano, pero sí de mis pies. Lo atraigo hacia mí sin detener el baile de mi lengua. Ella comienza a agitarse, a retorcerse sobre sí misma.

"Rodri, me vas a hacer venir" jadea con ímpetu.

"Sería un crimen parar en este momento" pienso.

Refuerzo la contundencia de mi lengua.

Continúo lamiendo, chupando y jugando. Un mordisquito y luego movimientos rítmicos y constantes… Arriba y abajo, derecha a izquierda y así otra vez nuevamente y sin parar. Ella no ha dejado de jadear. Al contrario, sus gemidos van aumentando de intensidad.

"Sí, así… Sigue… Por favor no pares" Ruega.

Continuo obediente mientras con la ayuda de mi pie atraigo hacia mí el pantalón. Busco en uno de los bolsillos y saco un envoltorio plateado y lo rasgo con mis dedos. Me coloco el preservativo con cuidado.

Mi boca y lengua continúan con su intensa labor. De manera constante y rítmica.

Hago que mis dedos se unan. Con el índice y el dedo del corazón abro los labios. Y entonces comienzo con ellos a penetrar suavemente su húmeda y caliente gruta. Mi lengua no se aparta en ningún momento de su clítoris.

Acelero paulatinamente el ritmo de penetración de mis dedos y el movimiento de mi lengua. De repente siento que me aprisiona con fuerza mi cabeza con sus muslos.

"¡Hijueputa…me estoy viniendo!" Grita en un ahogado gemido.

Percibo tenues contracciones con mis dedos que aún se encuentran en ella.

Los retiro y alejo mi rostro para ver como su cuerpo se estremece y comienza a temblar. Su hermoso y femenino semblante está desencajado. Una imagen que se convierte en un singular goce para mí.

Me incorporo y le pido que se mueva más hacia el centro de la mesa de pool. Ella casi que como un autómata obedece. Me coloco sobre ella y la comienzo a penetrar suavemente. No abre los ojos. Su boca sigue entreabierta respirando, jadeando. Gime… casi que solloza. Esta ida.

"Vente por favor" me implora.

Acelero el ritmo. Empujo poco a poco con más vehemencia. Siento como no tarda en aparecer el sudor recorriendo mi frente, rostro y pecho.

Ella comienza a moverse al compás de mis embestidas. Clava sus uñas en mi espalda y luego baja sus manos para agarrarme con fuerza las nalgas. La presión poco a poco va en aumento.

"Dale más duro" Implora.

La penetro con vehemencia y entonces ella me abraza con fuerza.

"Dios que delicia" susurra entrecortada "Me voy venir otra vez"

Trascurren unos minutos y noto como tiene un segundo orgasmo lo que me hace sentir que pronto no habrá contención posible de mi parte.

"Me voy a correr" le digo.

"Si amor, si amor. Hazlo" responde agitada.

Acelero de manera impetuosa mis arremetidas.

Segundos más y se nubla mi mente, siento los estertores de un fuerte orgasmo que recorren mi genitalidad, atraviesan mi pecho y se extienden como ondas por todo mi cuerpo. He estallado dentro de ella, muy dentro de ella.

Mi mente se nubla, gruño con mi boca entreabierta sobre uno de sus delicados hombros. Respiro agitado por la boca mientras ella sujeta mi cabeza con una mano y con la otra acaricia mi espalda.

Nos quedamos por unos instantes quietos, sin mover un solo musculo de nuestros inermes cuerpos. Oímos tan solo nuestra respiración, incluso hasta los latidos de nuestros corazones que casi creería sincronizados...

La música ya no suena.

"Durmamos un ratico" me susurra ella sin abrir los ojos.

Me incorporo con cuidado. Tomo el preservativo y lo dejo a un lado de la mesa.

"Lo botaré más tarde" pienso.

Me acuesto a su lado y ella se acurruca junto a mí. Nos quedamos profundamente dormidos sobre la mesa de pool.

***

Abro los ojos.

No sé cuánto tiempo ha trascurrido, pero me fijo en el ventanal y observo que sigue estando oscuro afuera.

Ella no está a mi lado. La llamo por su nombre y aparece completamente vestida y, por lo que veo, recién bañada.

"Me voy Rodri" me dice dándome un gentil beso. "Sabes que estoy comprometida y tengo que amanecer en mi casa."

No le digo nada. Me habría encantado que amaneciera conmigo, que desayunáramos juntos. Pero no musito palabra. La beso con igual gentileza, me despido con una sonrisa y la sigo con mi mirada hasta que llega al ascensor.

"Adiós loquito mío" me dice sonriendo y desaparece entrando al elevador.

Desciendo de la mesa de pool, me aproximo el ventanal y contemplo como ella sube apresurada a su carro, lo enciende y se va.

Está comenzando a amanecer.

Vuelvo a ser consciente de la inmensa y abrumadora soledad que me produce mi apartamento de soltero.

Decido dejar mi ropa regada en el piso y las copas con las botellas sobre el comedor.

"Es hora de irme a dormir a mi cama." Me digo.

***

Retorno a la hamaca.

Retorno al año 2020 y me percato de la inquietante sensación de soledad que me envuelve en estos momentos. Casi que igual sensación a la de aquella noche veinte años atrás. Pero hoy con un agravante: El virus y la Cuarentena.

Entonces el Rodrigo del año 2020 decide imitar al Rodrigo del año 2000. Detengo el reproductor de música y bajo de la hamaca.

"Es hora de irme a dormir a mi cama." Me digo.

CAPÍTULO III

Séptimo día de La Cuarentena.

Es esperanzador lo que veo a primera vista en el gráfico que muestra la evolución de los infectados diariamente a nivel mundial. Hace un par de días el número había alcanzado una cifra récord de 72 mil infectados en un solo día. Y hoy, ese número se redujo a 62 mil. Sigue siendo un número grande, pero rompe una espantosa tendencia creciente. Espero que esto se deba a la efectividad de las medidas de contención global de la enfermedad y no a errores estadísticos como consecuencia de la falta de un registro formal de pruebas.

Considero unos instantes esto último. Recapacito y concluyo que tristemente puede ser lo más probable. ¡Que pesadilla!

Pienso que recordar mi aventura de hace veinte años fue un analgésico. ¿Por qué no?, en este encierro no echar en el olvido sucesos no muy corrientes y bastante picantes puede ser la mejor terapia para expulsar el virus de mi mente, así sea de manera temporal. Sonrío y doy gracias a Dios porque cuento con un buen inventario.

Es de noche y estoy en el patio de la casa, sentado en una mesa estilo picnic instalada en todo su centro. Bebo con tranquilidad un café negro, caliente y sin azúcar. Está fuerte. Mi mente comienza a volar y se trasporta a varios meses atrás...

*****

"Ya estoy en el apartamento" Le escribo a ella a través de whatsapp. Habíamos quedado en vernos a las 5pm. Miro la hora en la pantalla de mi teléfono: 4:50pm.

No tarda en llegar su respuesta un par de segundos después:

"Me demoro quince minutos. Ya llamé un Uber" y pone una carita de pena

"Ok" contesto con una carita feliz.

Su demora me alegra porque me permite tener tiempo para poder organizar todo un poco.

Contemplo unos instantes mi aparta estudio.

Es reducido, estilo loft: una sola estancia, cocineta y un baño pequeño. La cocina, que alberga una neverita mini bar, se separa de la estancia por un mesón estilo isla cubierto con un brillante mármol negro. En la estancia cuelga una hamaca, hay un sofá cama color café, un mapamundi que es también lámpara, un par de mesitas ubicadas a lado y lado del sofá, un barril hueco que hace de bar acomodado en una esquina y una pequeña repisa de plástico negro situada justo al lado izquierdo de la entrada cuya función es la de albergar zapatos.

En todas las paredes cuelgan grandes cuadros pintados al óleo con imágenes de eróticas y seductoras figuras femeninas, hay también empotrado un pequeño aire acondicionado mini Split y al lado de la entrada, encima justo de la repisa de los zapatos, un perchero de madera que está compuesto de tres figuras fálicas en posición erecta talladas de tal forma que sirvan de ganchos.

El suelo es de cerámica blanca y está cubierto de tres grandes alfombras de color marrón que brindan la sensación de que todo el apartamento se encuentra alfombrado.

Reviso la cesta de basura que hay en la cocina debajo del mesón y hallo cuatro botellas vacías de Cerveza Corona, restos de la última vez que estuve en el apartamento.

Recuerdo aquella aventura y sonrío. Vierto rápido todo el contenido de la cesta en una bolsa plástica negra que saco de un cajón y luego repito la operación con la canasta del baño ubicada al lado del sanitario. Me doy cuenta de que su contenido es mucho más comprometedor. Procedo a amarrar con fuerza la bolsa, salgo del apartamento dejando la puerta abierta y camino unos cuantos pasos a través del angosto pasillo. Abro la puerta del shut de basuras y le digo adiós a la obligante evidencia.

Regreso sobre mis pasos y cierro la puerta detrás de mí. Me acaricio la boca y la barbilla...

¿Qué se me habrá pasado por alto?

Me agacho y miro a ras de piso. Observo con cuidado en todas las direcciones.

"Ya te vi"

Un cabello en la alfombra. Lo sujeto con mis dedos. Es muy largo y negro, "¿De quién podrá ser?" Llegan a mi cabeza dos o tres nombres mientras me dirijo al baño. Lo vuelvo a mirar.

"Ya sé quién puede ser tu dueña" Sonrío, lo dejo caer románticamente dentro del sanitario y suelto la cisterna.

Aprovecho que estoy en el baño y comienzo a arreglarme un poco. Lavo mis dientes, me aplico un poco de mi perfume favorito: One Million de Paco Rabanne y arreglo mi cabello con unos toques de gel. "Listo" me digo mirándome en el espejo.

Salgo y activo el Bluetooth del celular para programar un poco de música. Busco una lista de reproducción, enciendo el pequeño bafle portátil que se encuentra junto a un pebetero de porcelana en una de las mesitas que están al lado del sofá e inmediatamente un suave blues invade la atmosfera del apartamento, "¡Como me encanta este género musical!".

De uno de los cajones de la cocina saco un pequeño frasco que contiene esencia de fresa, una minúscula vela y un encendedor. Recojo el pebetero, lo lleno con un poco de agua directamente del grifo del lavaplatos y esparzo unas cuantas gotas de la esencia en su interior para que se mezclen con el agua. Enciendo la velita con cuidado y la ubico en el lugar donde debe ir. Guardo el encendedor con la esencia y devuelvo el pebetero al sitio de donde lo tomé.

Suena el WhatsApp.

"Ya llegué".

"Ya bajo" escribo.

Me cercioro de traer conmigo la tarjeta llave con la que se abre el sistema eléctrico de la puerta principal del edificio. Agarro mi celular, las llaves del apartamento y salgo al trote en dirección al ascensor.

Ella está afuera del inmueble. Se encuentra apoyada en la pared lateral en todo el frente de la entrada.

Antes de abrirle la puerta deseo detenerme unos instantes para contemplarla de pies a cabeza. Me aprovecho porque sé que ella no puede verme debido a que el cristal que compone la puerta es un vidrio que solo permite ver de adentro hacia afuera.

Sé que tiene veinte años y es la vocalista, de una banda de rock de la ciudad. Joven, relativamente alta y muy, pero muy rubia. Su largo cabello está recogido en un par de hermosas trenzas. Me agradan. Ya le había confesado hace un par de días que las trenzas son mi debilidad. ¡Muero por ellas!

Trae puestos unos anteojos que ocultan unos grandes y hermosos ojos marrón. Su piel es blanca y su rostro está adornado con una nariz recta y fina. Sus cejas son bonitas; también rubias, doradas; aunque un poquitín más oscuras que su cabello y luce en ellas un coqueto pircing. Tengo al frente a una rockera dueña de un lindo rostro. ¡Y sin maquillaje! Pienso que bien podría hacerse pasar por una ciudadana alemana o sueca.

Viene vestida con una camisa blanca, jean holgado y un par de tenis. Trae consigo una pequeña mochila de cuero. Definitivamente me gusta su estilo rockero descomplicado. Veo que comienza a manipular su teléfono celular. Y entonces… escucho el sonido del WhatsApp a través del bolsillo de mi pantalón.

"Te estoy esperando" leo.

Sin contestar, dejo que pase uno, dos, tres segundos y abro la puerta.

"Hola Rodri" me saluda efusiva.

Yo hago igual y nos damos un corto pero húmedo beso. Ella es una verdadera tromba… Es muy acelerada, lo cual se me hace un poco intimidante.

"¡Había un tráfico tenaz! Y el pendejo que venía manejando no tenía ni idea por donde era. Ya me estaba encintando"

La escucho con una sonrisa en mi rostro. Ella continúa hablando de su viaje y de lo que tuvo que hacer para poder salir a tiempo de su casa. Tomamos el ascensor, presiono el número tres y comenzamos a subir.

"¿Me extrañaste? Porque yo sí"

Se me abalanza, me abraza y comienza a besarme. Sus labios y lengua juguetean con los míos.

"Llegamos" musito sin separar nuestros labios.

"Es por aquí, a la derecha". Le tomo la mano, salimos del elevador y caminamos por el estrecho pasillo.

"Esa loción me encanta" me susurra al oído mientras abro la puerta del apartamento.

La dejo entrar primero. Noto como se queda unos instantes reparando todo lo que descubre a su alrededor. Respiramos un agradable olor a fresas y, de un momento a otro, la música comienza a sonar gracias al Bluetooth que emparejó automáticamente mi celular con el pequeño bafle.

"Está muy bonito tu apartamento" me dice… "Es muy tú"

Deja su morral sobre el mesón y sigue mirando con atención los cuadros. Me quito los zapatos y le señalo el aparador plástico.

"Es por la alfombra" le explico.

Ella contenta se quita inmediatamente los tenis.

"Mejor, así estoy más cómoda."

Los pone al lado de mis zapatos y descalza comienza a recorrer el pequeño apartamento.

"¿Y estos cuadros? ¿Los pintaste vos?"

Me río mientras me apoyo en el mesón de mármol.

"No, mis pasiones son de otro tipo". Y miro su trasero con picardía.

Ella, mirándome por el rabillo del ojo, se percata de mi atrevimiento y sonríe… De pronto suelta una carcajada.

"¡¿Qué es esto por Dios?!"

Se acerca al perchero y comienza a tocar con gracia cada uno de los penes de madera.

"¿Qué crees?" le contesto juguetonamente.

"Vos estás muy mal de la cabeza… Pero, ¡Eso me gusta! Sos diferente"

Se me acerca, se quita las gafas para dejarlas con cuidado sobre el mesón y comienza a besarme de nuevo.

Esta vez soy yo quien comienza a jugar con los labios y lengua apenas siento el contacto con los suyos. Recorro prontamente con mis labios su níveo y esbelto cuello. Mis manos se entretienen con el par de magníficas trenzas.

Desabotono y me quito la camisa para dejarla sobre el mesón. Estoy orgulloso de mi cuerpo trabajado en el gimnasio. Ella lo sabe.

Gustosa comienza a besar mi pecho. Me agrada la sensualidad que impregnan sus labios. Siento entonces que sus manos comienzan a desabrochar mi cinturón.

"No es tu loción… Es tu olor el que me gusta" me confiesa.

Se agacha y empieza a besarme el vientre. Siento como me tiemblan las piernas, busco apoyo en el mesón. Mi erección no tarda en aparecer como respuesta a sus ardorosas caricias.

"¿Sabes?, cuando te conocí me pareciste un creído de aquí a Pekín" me dice bajándome el pantalón y mirándome a los ojos con sus intensos ojos marrón.

"Pero me gustaste desde el primer momento que vi."

Se calla unos segundos y se queda observando sin recato mi virilidad en alza.

"Y también me gusta tu pene."

Mi miembro se encuentra totalmente expuesto y ella empieza a devorarlo con femenino apetito.

Cierro mis ojos para concentrarme en el placer que comienzo poco a apoco a sentir… "Lo hace bien, muy bien."

Es un espectáculo imaginarla en esos momentos ahí arrodillada, concentrada con su fina boca. Pienso en el par de trenzas. No me resisto. Las quiero coger…

Sí, es casi que un fetiche para mí. Pasan segundos, pero siento como si el tiempo se hubiese detenido.

Oigo la suave música y experimento mil sensaciones de placer gracias a esa húmeda, cálida y traviesa lengua de mujer. Vuelvo a abrir mis ojos. Ella está muy concentrada con los suyos cerrados. Me atrevería a apostar que lo está disfrutando más que yo. Y eso me excita más.

Se pone de pie y me da un gran beso.

"Espérame un tantito voy al baño" Me murmura al oído. Asiento un poco agitado.

Cuando cierra la puerta, me quito el pantalón, las medias y los interiores. Recojo todo y lo cuelgo en el perchero. Luego agarro la camisa que había puesto sobre el mesón y de su bolsillo extraigo una pequeña cajita que contiene tres preservativos. Separo los tres dejando dos en una de las mesitas y el tercero lo escondo en el sofá, debajo de uno de los descansabrazos. Enciendo la lámpara del mapamundi y apago todas las luces. La iluminación tenue crea un entorno mágico. Y me siento en el sofá a esperarla.

Sale del baño totalmente desnuda. Es blanca como la nieve con un cuerpo muy bien formado. Se nota que hizo mucho ejercicio por la forma en que se distinguen los músculos de sus largas piernas. Me llama mucho la atención el tatuaje que tiene en su espalda, pero no menciono nada.

Me pongo de pie y nos besamos nuevamente con mucha fruición. En esta oportunidad soy yo el que desliza hacia abajo la cabeza para besar sus pechos. Son de buen tamaño. Concentro mis labios en uno de ellos. Lo beso y lamo con delicadeza alrededor de toda su aureola. Es muy rosada, un rosado tierno igual al color de sus labios.

El fino pezón no tarda en ponerse duro y yo lo introduzco con buena parte de su seno en mi boca. Cuando siento que roza la parte superior de mi paladar comienzo a succionar muy suavemente haciendo que mi lengua gire en torno a él. Sentir su turgencia es un placer para mi lengua. Mis manos, mientras, acarician sus blancas nalgas y alcanzo a tocar la parte anterior de su vulva.

Resuelvo que es más cómodo acariciar su entrepierna por delante. Lo hago y confirmo que está muy mojada.

Comienzo a masturbarla con mis dedos, especialmente con el del medio. Ejecuto movimientos circulares y una leve presión de cuando en vez en el hinchado clítoris. Mi boca pasa ahora al otro seno. Comienzo a masajearlo con los labios, lo lamo y repito exactamente lo que hice con el primero.

Cuando siento satisfecho mí apetito, le agarro la mano y la invito sin palabras a acostarse de espaldas sobre la tupida alfombra. Tendida a mi lado continúo besando su pecho y la más turbo con mis dedos, pero ahora me atrevo a explorar con sutileza su estrecha y húmeda gruta.

Tanteo con mi otra mano buscando el preservativo que había dejado sobre el sofá y, con una destreza que hasta ese momento desconocía; abro el paquete, saco el preservativo y me lo acomodo con cuidado empleando esa sola mano.

Me posiciono encima de ella con el deseo de hacerla mía.

"Espera, ¿tenés condón?" Me pregunta agitada.

"Ajá", la sigo besando.

Entro en ella. Comienzo suavemente sin dejar de besarla un sólo instante.

Disfruto las dos espléndidas sensaciones que conjugadas hacen un excepcional cóctel de placer. Mis labios y lengua jugando con los suyos mientras mi pene acaricia con su glande sus más profundas entrañas de mujer.

Le embisto por unos cuantos minutos. Me hechiza ver su rostro mientras la estoy haciendo mía.

No existe ni existirá nada más bello que el semblante de una mujer en el momento en que está siendo penetrada con pasión y delicadeza.

"Quiero hacerme encima de ti" murmura a mi oído.

Me retiro con cuidado para evitar que el preservativo se salga y me recuesto de espaldas sobre la alfombra. Ella se sienta sobre mí, agarra mi miembro, lo conduce dentro de su vagina y comienza a moverse con vehemencia. Apoya sus manos sobre mi pecho, tira hacia atrás su cabeza con los ojos cerrados y me cabalga como si no existiera un mañana.

Siento que su humedad recorre mi vientre y muslos. Ella acelera sus movimientos y ahora comienza a ejercer una fuerte presión con su pubis depilado. Siento como si se masturbara con mi hueso púbico sin dejar de estar penetrada.

"Mmmmm" jadea con los labios cerrados, espira profundamente por la nariz y aumenta con más vehemencia el movimiento de sus caderas y la presión de su pubis.

Me siento arrebatado al comprobar como usa mi cuerpo, mi miembro y especialmente mi hueso púbico para obtener un gran placer.

De pronto se desarticula su rostro, muerde su labio inferior, agarra mis dos manos entrelazando sus dedos con los míos y se deja caer de frente sobre mí.

"Haaaaa, Que rico" jadea en mi oído.

Segundos pasan y siento como me aprieta el pene con sus músculos vaginales.

"Quédate quietico." Gime.

Sé que se ha corrido, pero no deseo que termine nuestro encuentro... No aún.

"Quiero comerte de perrito" le susurro.

Ella se levanta y se pone en cuatro. La sujeto de las caderas y comienzo a penetrarla profundamente. Arremeto por unos cuantos minutos hasta que el sudor comienza a bañar mi cuerpo por completo. Ella jadea y gime con cada envestida de mi parte.

Decido entonces que es hora de culminar, pero necesito estimularme mentalmente para desencadenar mi orgasmo. La agarro de sus trenzas y comienzo una violenta arremetida hasta que exploto en mil sensaciones que me hacen gruñir. Es como si el alma me abandonara.

Me quedo quieto unos instantes, disfrutando las ultimas olas del clímax. Entonces me separo y, aun con el preservativo puesto, me dejo caer a su lado.

Ella se voltea hacia mí apoyando su cabeza sobre uno de sus brazos y comienza a acariciar mi barba con sus dedos.

"Fue estupendo" me dice.

"Si" le contesto aún sin aliento.

Trato de recuperar aire respirando por la boca.

Nos quedamos unos minutos en silencio… Despiertos ambos. Ella acariciando mi rostro. Yo mirando al techo.

"Yo creí que te había gustado más mi amiga" me dice.

"¿Cuál? No, para nada" contesto sin pensar ni siquiera en lo que me está diciendo.

"Sí, a vos te gustó ella." Repite. "¿Te gustaría hacer un trío con ella?"

La pregunta me deja atónito…

Necesito unos minutos para aterrizar, asimilar, racionalizar lo que acabo de escuchar.

"Si querés le escribo y le digo que venga." Me insinúa besándome en la oreja.

Me río nervioso.

"No creo que lo haga, además no estaba pensando en eso" le aclaro.

Siento que me brillan los ojos y el deseo vuelve a aparecer.

"Mentiroso... Tú sí quieres" dice sentándose y mirándome con sus espléndidos ojos marrón.

"Voy a escribirle"

Se pone de pie, busca su celular en la mochila y comienza a teclear.

Me siento sobre la alfombra con la espalda apoyada en el sofá. No le quito la mirada de encima. Estoy perplejo.

"Ya es tarde" le digo. Pero mi mente vuela.

"Son apenas las nueve. Ella debe de estar en el gimnasio."

Sigue escribiendo en el teléfono y yo la observo con atención.

Pasan unos minutos y entonces deja el celular sobre el mesón. Se sienta a mi lado y me mira abriendo sus ojos riendo

"Que ya se alista y viene para acá. Ya le mandé la ubicación" Y me estampa un gran beso.

*****

Regreso a la realidad para descubrir que ya no hay café en la tasa.

Continúo sentado en la mesa del patio, alzo mi vista y observo que la noche está muy nublada.

Una suave brisa aparece de repente y mueve las copas de los árboles que se alcanzan a ver por encima de los tejados de las casas vecinas.

"Seguramente va a llover en la madrugada." Pienso.

Decido entonces que, antes de volver a recordar lo sucedido aquella noche, necesito; No, tengo que tomarme otro café.

¡Pero esta vez tiene que ser bien, pero bien cargado!

CAPÍTULO IV

Séptimo día de la Cuarentena

Entro a la cocina, enciendo la luz y confirmo que todavía queda un poco de café en la jarra chocolatera que reposa sobre una de las boquillas de la estufa de gas. La levanto y vierto todo su contenido en el tazón que estaba empleando; abro la compuerta del horno microondas y programo en el tablero digital cuarenta segundos para disfrutar un café caliente.

Mientras espero que el microondas complete su ciclo, comienzo a recordar lo que ocurrió aquella noche con mi amiga "la rockera".

Mi rostro se ilumina por las acaloradas reminiscencias que llegan a mi mente, casi que en tropel, y noto como mi estado de ánimo, a pesar de las circunstancias de la pandemia, mejora...

"En buena hora he descubierto una nueva terapia" sonrío.

El pitido del microondas me saca de mi reflexión. Abro la compuerta, saco el tazón y regreso al patio de la casa.

Es una noche nublada, fresca y sopla una suave brisa. Decido sentarme en una banca pequeña de metal empotrada en una de las esquinas. Atrás de ella hay un farol de plástico que imita perfectamente el metal con que estaban fabricados a principios del siglo XX. De él emana una tenue luz amarilla que no logra iluminar el patio.

Bebo el primer sorbo. El café está caliente, fuerte y amargo como me gusta. Cierro mis ojos y comienzo a verme como si fuera el único espectador sentado en una inmensa sala de cine.

La película comienza a rodar y la escena corresponde al momento justo en que la había abandonado.

*****

La hermosa y rubia rockera se sienta desnuda a mi lado.

"Ya viene mi amiga. Le mandé la ubicación." Me dice riendo y me estampa un furtivo e inesperado beso.

Mi mente enseguida se llena con infinitas posibilidades, múltiples escenarios.

"¿Qué le escribiste?"

Quiero asegurarme de que lo que posiblemente me estoy imaginando puede llegar a convertirse en realidad.

"No, nada evidente, -sonríe- solo le dije que si quería venir a tu apartamento. Que nos estábamos tomando algo y que sería chévere que nos cayera." Me contesta arreglándose las trenzas y se sienta con sus piernas cruzadas como en flor de loto.

Mientras observo con masculino agrado su secreta y rosadita entrepierna decido asumir una actitud de no mucha importancia; aunque el diablillo que habita en mi interior está saltando.

"Vale." Me pongo de pie. "¿Quieres tomar algo?

"Si tienes una cerveza bien fría, súper. Sabes que soy cervecera." Responde permaneciendo sentada en la alfombra pero cambiando ahora la posición de sus piernas. Las recoge abrazándolas con sus brazos, apoya su espalda en el sofá y me sigue con la mirada.

Abro la pequeña nevera para realizar un rápido inventario de su contenido: Una botella de cerveza Corona, una lata de Coca Cola Zero, la mitad de un queso suizo envuelto en su empaque de cera roja y dos paquetes de jamón serrano sellados al vacío.

Cojo la cerveza y uno de los paquetes, los coloco sobre el mesón y me agacho para buscar en uno de los cajones. Saco un destapador, un plato mediano, un cuchillo y dos pequeños tenedores. Corto el paquete con el cuchillo y disperso el jamón sobre el plato creando, en mi concepto no erudito del tema, una especie de mándala. Destapo la botella de cerveza, agarro el plato y me siento al lado de ella.

Me recibe la cerveza y da un gran sorbo…

"Huy, gracias ¡Tenía una sed!"

Yo sonrío mirándola.

Con uno de los tenedores engarzo una lonja de jamón y la llevo a sus labios. Me la acepta, se cubre la boca con la mano mientras mastica y me pregunta qué es.

"Algo para recuperar energías. Jamón serrano."

"Está rico" me dice.

Le entrego el tenedor y comenzamos a comer compartiendo la única cerveza fría que tenemos.

"Ese cuadro de ahí es el que más me gusta" me dice sin dejar de comer.

"Cada cuadro que ves aquí tiene una historia y ese en particular aún más" Le contesto mirando la obra.

"Casi todos los que ves fueron pintados por el mismo artista cuando vivió encerrado seis meses en un burdel que fue famoso en Cali."

Me mira abriendo sus ojos marrones. Advierto como la curiosidad se apodera de ella y me río para mis adentros.

“De hecho el burdel aún existe, pero muy venido a menos.”

Sigo con mi jamón.

La pintura que llamó su atención exhibe la imagen distorsionada de dos mujeres completamente desnudas sobre una cama. Se encuentran una frente a la otra; la primera, pintada con cabello castaño, está recostada sobre su costado dejando ver un redondeado trasero. La otra, de cabello negro intenso, nos mira con lascivia abriendo sus piernas de par en par orgullosa de enseñar una delicada vulva que se abre como una flor.

Ella se acaba toda la cerveza mientras continúa analizando el cuadro.

“Creo que si viene tu amiga hay que comprar unas cervezas”, le digo y le acerco a sus labios la última lonja de jamón.

Ella muerde un trozo y lleva la otra mitad a mi boca.

“Si, cuando llegue le escribo para que vayamos en su carro” me contesta.

“Escríbele también que tengo un garaje disponible para que no vaya a dejar el carro afuera”

Se pone de pie, coge su teléfono celular y comienza a teclear.

Yo miro su trasero mientras recojo el plato, los tenedores y la botella. Paso a su lado, la doy una nalgada y dejo todo en el lavaplatos.

“Que ya está en la esquina.” Me dice excitada. “Le dije que nos esperara. Que ya bajamos”.

Nos comenzamos a vestir rápidamente. Me pongo el pantalón sin los interiores, las medias y los zapatos. Entro al baño, me aplico un poco de perfume y arreglo mi cabello. Salgo, tomo mi camisa y las llaves que están sobre el mesón; y busco rápido en uno de los cajones el control remoto que abre la puerta del garaje.

“Vamos” le digo abotonándome la camisa y dejándola por fuera del pantalón.

"Ya estoy está lista".

Salimos del apartamento y tomamos el ascensor.

El edificio a esa hora está muy tranquilo, no se oye nada. En la edificación habitan personas jóvenes, en su mayoría solteras.

Cuando llegamos al primer piso, salimos del elevador, presiono el botón del control y la puerta del garaje comienza a abrirse lentamente.

"Salgamos por aquí" le digo a ella cogiéndole la mano.

Afuera hay estacionado un carro rojo pequeño con las luces encendidas.

No soy muy versado en marcas y modelos de autos por lo que no sabría decir que marca o de que tipo es. Pero una cosa sí es segura, es tiernamente "señoritero".

Reflexiono sobre el hecho de que entre mis pasiones nunca han estado los carros. ¡Y tampoco el futbol!

Desde adolescente siempre fui atraído por otras cosas que en mi concepto eran y siguen siendo más nobles:

¡Las hermosas féminas por ejemplo!

La amiga abre la ventanilla del copiloto y nos saluda. Es la segunda vez que la veo y me doy cuenta de que es dueña de una bonita sonrisa.

"Necesitamos comprar cervezas. Vos sabes que eso es lo que yo tomo" le dice la mona acercándose a la ventana abierta.

"Vamos" dice la conductora y quita los seguros de las puertas.

Subimos los dos al carro. Ella atrás y yo en el puesto del copiloto. La saludo con un beso en la mejilla que siento fría como consecuencia del aire acondicionado.

"Por aquí hay una droguería donde podemos comprar las cosas" le digo.

No tardamos en ir y volver con dos six pack de cervezas Corona. Al llegar al edificio, abro con el control la puerta del garaje y le aconsejo que meta su carro.

"Estaciónalo ahí donde está el número siete."

Nos bajamos los tres y subimos al ascensor mientras seguimos conversando trivialidades como lo hicimos durante el recorrido en el carro. Risas van, risas vienen. Con discreción reparo en el reflejo de la amiga que se ve en el espejo del ascensor.

Tiene la misma altura y se diría que la misma edad de la rubia. Su cabello es largo y castaño, también tiene un piercing en la ceja derecha y unos ojos cafés mas claros que los de su amiga y un poco rasgados. Su nariz es respingada y salpicada de pecas. Tiene un muy deseable cuerpo de gimnasio que se puede ver a través de la blusa roja y el ceñido jean que trae puestos. En sus pies observo unas sandalias que dejan ver unos pequeños y lindos dedos perfectamente arreglados

Llegamos al tercer piso, salimos del elevador y caminamos por el pasillo. Les pido con un gesto que bajen un poco la intensidad de sus risas.

Entramos los tres al apartamento, enciendo luces y la amiga comienza enseguida a detallar con mucho interés todo lo que hay en el pequeño espacio que hay a su alrededor.

"Vení, poné tu bolso aquí" ríe la mona enseñándole el perchero.

La amiga lo descubre, ríe también y me mira con picardía.

"Y las sandalias aquí" le digo señalando la repisa mientras me descalzo y coloco mis zapatos en ella.

"Me gusta tu casa", dice después de colgar su bolso y haberse quitado las sandalias.

"La verdad Rodri que está muy chévere tu apartamento. ¡Y hasta hamaca tenés!" exclama acariciando la tela.

"Yo siempre he querido tener una en mi casa". Añade.

"El apartamento está súper" Agrega la mona quitándose sus tenis. "Yo le dije que reflejaba su su personalidad" ríe. "Que era muy él".

"Gracias" les contestó a ambas mientras dejo tres cervezas sobre el mesón y guardo el resto en la nevera.

Destapo las que dejé afuera, se las ofrezco y ambas comienzan a beber mientras se sientan en el sofá. Yo también me refresco con un gran sorbo…

Mi mente comienza a planificar.

"¿Y vives aquí?" me pregunta la amiga.

"Aquí es donde me siento vivo" le respondo flirteando.

Se ríe, se arregla un poco el cabello y me lanza una mirada cómplice. La mona nos observa tomando su cerveza.

"Bueno, yo creo que esta noche amerita un brindis especial, pero con algo diferente a cerveza" les anuncio.

Dejo mi botella en el mesón y me dirijo al barril que se encuentra en una de las esquinas del apartamento. Abro su puerta y extraigo del interior una botella de vodka Absolut y tres copitas shot tequileras de vidrio.

"¿Por qué no pones algo de música de tu celular?" le digo a la mona mientras destapo la botella y procedo a llenar con vodka las tres copas que he puesto en el mesón.

La amiga se pone de pie y se acerca. La mona se concentra en la tarea que le he puesto.

De repente comienza a sonar "Social Disease" de Bon Jovi. Me sorprendo, pero rápidamente caigo en cuenta de su condición de rockera; ¡De la condición de rockera de ambas! y me rio.

Bueno, no está del todo mal, para nada mal, pienso. Permite una atmosfera muy particular.

Decido entonces bajar un poco la intensidad de las luces para crear un poco de magia.

Se apoyan ambas sobre el mesón. Les entrego a cada una su copa que contiene la medida exacta de un trago doble de Vodka…

Y las alcanzo a detener antes de que se lo lleven a la boca.

"Un momento niñas, hay que brindar para invocar a los espíritus y hacer que la noche sea encantadora" les digo sonriendo.

Se miran entre ellas y ríen.

"Vos si tenés mundo" dice la mona.

Se voltea y le confiesa a su amiga: "Aquí ya hubo bastante magia" Y me lanza una mirada retadora preguntándome "A ver Rodri ¿por qué vamos a brindar"

La amiga nos mira sin dejar de sonreír.

"Brindemos por una noche llena de momentos impublicables, pero inolvidables"

Ambas se vuelven a mirar; luego me miran con un particular brillo en sus miradas.

"Nazdrovia" les digo.

Me fruncen el ceño curiosas.

"Significa salud en ruso" les explico riéndome mientras pienso que voy a necesitar la fuerza de un oso grizzli.

"Nazdrovia" repiten las dos al unísono.

Chocamos nuestras copas y nos zampamos los tres y al tiempo todo el contenido.

Las muecas que hacen ese par con sus rostros se me hacen encantadoras.

Definitivamente no hay nada como una situación fuera de lo normal para aumentar mi libido.

¡Me encantan estos juegos!

Les intercambio las copas por dos botellas de cerveza y las invito a sentarse en el sofá. Yo me ubico al frente de ellas apoyando mi trasero en el mesón.

"Vamos a jugar la verdad o se atreve" les digo… Y tu comienzas digo señalando a la amiga.

Se miran y ríen.

"Ok" dice la mona.

"Me parece bien" responde la amiga.

"La verdad o te atreves" pregunto.

"Primero la verdad" dice tímida.

Miro a la mona y la invito a que la formule la pregunta.

La observa con detenimiento, se toma un trago de su cerveza y la interroga:

"¿Que te gustaría que pasara esta noche?"

La amiga se ríe inquieta.

"No se" me mira,

Lo que tenga que pasar" Se toma un sorbo de su cerveza, alisa su cabello y esquiva mi mirada.

Examino a la mona. Ella también bebe su cerveza.

"Tu turno", le digo a ella sonriendo... "La verdad o te atreves"

Me lanza una mirada retadora...

"Me atrevo"

Comienza a sonar "Closer" de Nine Inch Nails.

"Quítate la blusa y el brasier" dice su amiga adelantándoseme.

Abro mi boca. La amiga me mira y me guiña un ojo.

Mi rockera se pone de pie, se quita de manera sensual su blusa, luego el brasier y me lanza ambas prendas encima.

Mi primera acción es oler el sujetador antes de dejarlo con la blusa en el mesón.

"Me atrevo" Les digo antes de que me sometan a la decisión.

"Dense un beso ustedes dos" Dice la mona.

"Eso no vale, la penitencia es para él, no para mí" aclara la amiga.

Me acerco a ella, me arrodillo y me aproximo a su oído para susurrarle mientras muerdo con suavidad el lóbulo de su oreja:

"Entonces tú te quedas quita y yo te beso a ti". Le susurro.

No dice nada. Me mira a los ojos y luego clava su mirada en mi boca. Comienzo a besarla acariciando suavemente sus labios con los míos. Ella responde entreabriendo su boca y tímidamente empieza a rozar mis labios con la punta de su lengua. La mía entonces entra en juego y se trenza de manera traviesa con la suya.

"Ok" dice la mona. "Suficiente ya".

Nos separamos a regañadientes.

"La verdad o te atreves" le digo a la amiga mientras me pongo de pie mirándola con mucho deseo.

"Me atrevo" musita ella con sus mejillas ruborizadas.

"Desnúdate" le ordeno. La mona es ahora la que me mira con la boca abierta.

La amiga me lanza una mirada cómplice, se pone de pie, camina de manera sensual hacia el perchero y comienza a desvestirse con gracia.

Se quita primero la blusa roja, luego se baja el ajustado jean con dificultad y cuelga ambas prendas en el perchero. Se queda vestida con un brasier y una tanga, ambos de color blanco.

Busco en el mesón la botella de vodka y lleno las tres copas nuevamente.

La amiga me lanza una mirada tímida y luego observa a la mona. Piensa unos segundos, respira profundamente y se quita el sostén exhibiendo unos espléndidos senos. Luego baja con elegancia su diminuta tanga.

Tiene un cuerpo increíble. Descubro un tatuaje de una flor de loto en su pecho, justo en medio de los dos senos. En su ombligo hay otro pircing dorado que hace juego con el de su ceja. Su pubis es terso y también está totalmente depilado.

Me tomo todo el shot de vodka fascinado por el cuadro que tengo frente a mis ojos. Le indico que se acerque y le ofrezco una de las copas.

Tomo la tercera y se la llevo a la mona que permanece sentada en el sofá.

Ahora está sonando "Back Door Man" de The Doors .

La amiga bebe todo su vodka y regresa completamente desnuda a sentarse en el lugar donde estaba.

"Escojo La verdad" exclama la mona.

Sus palabras me hacen recordar que estamos jugando.

“¿Qué quieres que suceda esta noche?” le pregunto.

Piensa unos instantes.

“Quiero que le beses las tetas como besaste las mías” Y se toma el vodka de un solo trago.

No es propiamente una respuesta valedera, pero como yo soy el director de orquesta, el dueño del juego decido no objetar…

¡Es mi juego!

Me aproximo a la amiga con la tentación de besarla en los labios primero, pero no quiero quebrantar tanto las reglas.

Dirijo mi boca a uno de sus senos y noto como al contacto de mi lengua ambos pezones se ponen duros y la piel de sus brazos se eriza.

Me concentro en lamer y succionar con suavidad. Ella comienza a respirar de forma entrecortada y me acaricia el cabello con ternura. Muerdo con suavidad y doy comienzo a un sensual jugueteo con mi lengua para aumentar la turgencia del par de pezones.

“Tu turno” escucho decir a la mona.

Me cuesta retirarme, pero lo hago. Ardo en deseos y pienso que es momento de pasar a la siguiente fase de mi inconsciente plan.

“Me atrevo” digo sin dejar de mirar el efecto que mis besos han producido en los pezones de nuestra amiga.

“Rodri, quítate la ropa” dice la rockera.

Le obedezco. Estaba que me arrancaba todas mis prendas desde hace rato. Me quito primero la camisa y la dejo sobre el mesón. Recuerdo que no traigo mis interiores, me encojo de hombros y río. Me deshago de las medias y del pantalón.

La amiga respira al evidenciar que también me preocupo como ella por como luce mi cuerpo.

Y entonces se queda mirando mi fuerte erección. En la escala del uno al diez, estoy en once en ese momento.

"Quiero que se besen ustedes dos" dice la amiga sin apartar sus claros ojos cafés de mi pene.

Me acerco a la mona, me acuclillo y comienzo a besarla. Ella responde suavemente al contacto de mis labios. Se separa un poco y me susurra al oído

"Yo no voy a estar con ella"

Comienza a sonar "When I See You smile" de Bad English.

Me separo y la miro a sus penetrantes ojos marrón.

"Es mi turno" me dice sosteniéndome la mirada con un café intenso que desconocía hasta aquel momento.

"Quiero que lo hagan ustedes dos en frente mío"

Busca la botella de cerveza que había dejado sobre la alfombra y bebe de ella.

"Tus deseos son órdenes" le contesto mentalmente.

Me yergo y me dirijo donde está su amiga.

Vuelvo a acercar mis labios a ella, pero en esta ocasión ella se me adelanta, toma la iniciativa y comienza a besarme con pasión.

Nos dejamos caer sobre el sofá. Y sin dejar un solo instante de besarnos, agarra mi miembro y comienza a masajearlo.

Yo empiezo a acariciar su vulva y compruebo que está bastante mojada. Nos masturbamos el uno al otro unos instantes. De repente el deseo de hacerla mía me ciega, pero antes quiero besarla abajo, deseo conocer su sabor. Degustar esa zona en la que mis dedos se están empapando.

"Siéntate en mi cara" le musito al oído. Ella me mira y asiente sin decir palabra.

Dejo caer el espaldar del sofá para poder acostarme de espaldas. Ella agitada y muy excitada eleva una de sus piernas como si fuera a subirse en una silla de montar y me ubica su vulva en mis labios con su clítoris acariciando la punta de mi nariz. Comienzo a besar, lamer y succionar. Me agarra con sus dos manos de los cabellos, deja caer su rostro hacia delante y comienza a gemir.

"Me gusta tu barba, se siente tan bien" murmura.

Cierra los ojos y respira con fuerza por la nariz.

Tiene un sabor delicadamente salado y muy agradable. Siento que me alimento con su néctar. Con una de mis manos le agarro una nalga como si fuera el borde de una fina copa de la que estoy bebiendo. Con la otra acaricio la pierna de la mona que está sentada a sólo unos cuantos centímetros de nosotros.

Comienzo a sentir presión en mis mejillas producida por la parte interior de sus muslos. Está suspirando con los ojos cerrados. Y yo estoy literalmente engolosinado con sus suaves y rosados labios vaginales. Mi boca explora en detalle cada rincón de sus pliegues. Comienzo a penetrarla con mi lengua.

Levanta la cadera y me mira desde arriba.

"Rodri, métemela, por favor"

Asiento con mi rostro. Me incorporo y alcanzo uno de los condones que se encuentran en la mesita lateral. La mona nos observa sin hacer ruido.

La amiga se acuesta de espaldas, abre sus trabajadas piernas y observa con lujuria como me pongo el preservativo.

Comienzo a penetrarla con vigor. Mi pene da comienzo al acto de entrar y salir, de una manera continua, prolongada. La sensación de sentirme atrapado en una deliciosa y estrecha humedad es imposible de describir, y se hace más delirante con cada empujón.

Comienzo a resoplar en cada embestida. Sus gemidos se hacen más fuertes y clava sus uñas en mi espalda. Decido alzar sus piernas y las pongo sobre mis hombros para sentir que llego hasta lo más profundo de sus entrañas.

Cada choque de mi parte lo responde ella con un agudo y fuerte gemido.

La quiero tener encima de mío. Quiero acariciar esos fantásticos senos.

"Hagámolo en la hamaca" le digo.

"¿En serio?" pregunta palpitante. "¿Si resistirá?"

Sin responder me pongo de pie, la tomo de la mano y la llevo donde está la hamaca.

Me acuesto primero en su interior y ella se sienta sobre mí, mirándome con sus rasgados ojos café. Mi miembro retorna a su delicada gruta sin que haya necesidad de guía alguna.

Comienza entonces a moverse suavemente, y luego, cuando se siente segura de la resistencia de la hamaca, decide hacerlo de manera más fuerte.

Siento que su excitación comienza a llenarla, a desborda. Ejecutamos unos minutos esta sensual y delirante danza en la que su cadera se sacude con furor.

La detengo y la empujo suavemente hacia atrás. Permito ahora que sea ella la que apoya la espalda sobre la hamaca.

Su piel brilla por el sudor, especialmente la del área del pecho y abdomen donde están el tatuaje y el pircing.

Levanto mi tronco y sin salirme de ella, me sostengo de los bordes de la hamaca que están a la altura de su cabeza.

Entonces comienzo a embestirla con mucha pasión y ahora, con la fuerza de mis brazos y la de mis glúteos, me empujo dentro de ella con más vehemencia y un desmedido arrebato.

En medio de la agitación sube sus brazos y se agarra también de los bordes de la hamaca, un poco más arriba de donde yo me estoy sosteniendo.

Continuo muy concentrado en mis profundas y rítmicas embestidas. El choque de nuestros sexos suena y casi que salpica. Yo también estoy cubierto en sudor.

Mantengo mi galope en forma ininterrumpida unos minutos hasta que de repente sus manos se tensan, aprietan con fiereza la tela y sin avisar me muerde uno de mis hombros.

"Rodrigo, me estás haciendo correr"

No hago caso de la dolorosa mordida, aumento la presión y velocidad de mi carga.

Mis asaltos se hacen cada vez más fuertes, más profundos… Más intensos. El movimiento de la hamaca y la posición que la obliga a tener le ayuda a que sienta el roce y la penetración de forma muy intensa.

"Haaaaaaaaa" grita contrayendo su vientre.

"Me estoy viniendo."

Cierra sus ojos, su rostro se desarticula, su cuerpo se arquea en espasmos y sobre sí mismo.

Su respiración se hace fiera y jadeante.

Finalmente, su cuerpo queda inerme como si lo hubiese abandonado la fuerza vital que lo gobierna. Se ha convertido ante mis ojos en una muñequita de trapo impregnada, bañada de su propia humedad.

Decido no terminar. Me separo suave y delicadamente de aquel cuerpo y me bajo de la hamaca con destreza.

La mona me observa con sus ojos marrón muy brillantes. Me sonríe, pero percibo que no está del todo cómoda con lo que acaba de presenciar. La noto un tanto seria.

Me acerco al mesón, me quito el preservativo, lo tiro en la cesta de basura y me sirvo otro trago de vodka.

"La dejaste muerta" me dice.

"Dejémosla dormir" contesto aproximándome a ella…

"Menos mal no te nos uniste, no habría podido con las dos" le digo.

Mi libido continua arriba.

Me acaricia suavemente el hombro en el que recibí la mordida.

"Descarado" me dice.

"Sabes, todo esto me pareció muy heavy; y yo, la verdad…"

La beso y no permito que continúe hablando. Ya habrá tiempo para eso.

Mis manos toman con delicadeza sus trenzas y la conduzco al sofá para hacerle el amor.

Fornicamos durante gran parte de la noche hasta quedar dormidos y desnudos el uno al lado del otro.

Cuando despierto, abro mis ojos y me percato que la hamaca está vacía.

La amiga se ha marchado, pero ha dejado una nota sobre el mesón con el control remoto del garaje encima de ella.

"Gracias a los dos por todo lo que pasó anoche…

Rodrigo tenía razón. ¡Una noche impublicable pero inolvidable!"

Miro a la mona. Sigue profunda.

*****

La película deja de proyectarse en la sala de cine de mi mente. Estoy nuevamente sentado en el banco del patio de mi casa.

Es tarde ya y la noche continúa nublada.

Me levanto y llevo la taza a la cocina. Cuando me dispongo a subir a la segunda planta para ir a mi habitación me detengo en el segundo escalón por unos instantes.

"No, hoy voy a pasar la noche en la hamaca." Y me regreso.

Me encaramo en ella y me quito los zapatos dejándolos caer al suelo.

No tardo en quedarme profundamente dormido con una gran sonrisa dibujada en mi rostro.

CAPÍTULO V

Onceavo día de Cuarentena.

Anoche sufrí insomnio. Por más que pretenda meter la cabeza en el "hoyo del avestruz", mi mente piensa y piensa en la pandemia. Ya estoy sintiendo que el encierro se torna cada vez más insoportable...

¿Será que las cosas volverán a ser como antes? ¿Podremos rehacer nuestras vidas?

Realizo mi práctica diaria de mirar las noticias aguardando la esperanza de encontrar un titular que diga algo así como: "Se encontró la vacuna efectiva contra el virus"; pero no. Por el contrario, los informes son cada vez más descorazonadores.

Decidido entonces continuar con mis recuerdos, mis vivencias no del todo convencionales que enriquecen lo que se podría llamar "Mis Memorias Eróticas de Encierro". No he encontrado mejor terapia para apartar mi atención de la pesadilla en la que estamos inmersos.

Con placer he rememorado dos aventuras en lo corrido de este aislamiento: la del restaurante con la amiga comprometida y la noche de las dos rockeras. Hoy, un detalle en el trascurso del día me hizo recordar otra noche única que viví con una hermosa gerente de banco que conocí. Creo que la historia está a la altura de las primeras dos y bien merece ser añadida a "Mis Memorias".

Voy por un vaso de agua a la cocina y veo a mi hija haciendo ejercicio en la máquina trotadora. Paso de ida y luego de vuelta por su lado y ni se inmuta. Tiene sus audífonos puestos y está concentrada en su rutina.

Me siento frente al computador, doy un gran sorbo de agua y comienzo…

*****

Año 2000. Son las 10pm en mi reloj. Me encuentro sentado en mi carro que está correctamente estacionado al frente de la dirección que ella me indicó en el sur de la ciudad.

"Recógeme a las diez de la noche, a esa hora la comida que organizó mi familia habrá terminado" fueron sus palabras.

Para hacer tiempo, y de paso cenar algo, visité un puesto de comida rápida que encontré a pocas manzanas de ahí.

Los minutos corren, y vienen a mi mente las imágenes de cuando la conocí.

Me pareció muy atractiva aquel día cuando me visitó para ofrecerme los servicios de su oficina. Ella es gerente de una sucursal bancaria en el centro de Cali. Yo la observaba con detenimiento desde mi escritorio: Joven, un poco menos de treinta años, mediana estatura, piel blanca, delgada, cabello negro y un rostro angelical adornado con dos grandes y hermosos ojos azules.

Sus labios carnosos y dientes con brackets. Cuerpo bien proporcionado, senos pequeños y un muy lindo y coqueto derrier.

Ese día vestía impecable con traje de sastre gris, el cabello recogido y un costoso reloj en su delgada muñeca.

Esta noche sería nuestra tercera salida después de haber intimado un par de veces con ella. Su temperamento sí que me agradaba; fue una verdadera sorpresa descubrir cómo se desvestía de su seriedad financiera para dejar surgir a una interesante mujer con mucho sentido del humor, alegría desbordante y curiosa como la que más.

Nuestra primera cita la concerté con ella el mismo día que nos conocimos.

"Creo que me tienes que explicar todo, pero en un lugar más cómodo" Le dije, y el lugar que escogí fue en un pequeño bar de jazz ubicado sobre la Avenida del río.

Esa noche pudimos conocernos mejor, y fue tal la química, que terminamos amándonos en mi apartamento.

Nuestro segundo encuentro fue la invitación que me hizo a cenar en su pequeño departamento. Caí seducido por su destreza culinaria.

La intimidad de aquella noche no fue tan salvaje que la que hubo en mi apartamento, pero fue especial. Tan especial que aquí estoy esperándola, dispuesto a mostrarle que la normalidad está bien, pero que también me gustan las cosas diferentes si encuentro a alguien que me inspire a crearlas y a llevarlas a cabo.

Unos golpes en la ventanilla me sacan de mis reflexiones.

Es ella. Luce un vestido negro holgado, muy corto y un par de tacones del mismo color que hacen ver sus piernas más largas de lo que realmente son. Su cabello está bien arreglado y su rostro impecablemente maquillado. Parece una modelo de revista. Trae en su delgado cuello una cadenita de oro, en sus oídos un par de topitos y en la muñeca el fino reloj que llamó mi atención cuando la conocí.

De su hombro cuelga un bolso negro y diminuto. Me sonríe. Veo sus brackets y río.

Desciendo inmediatamente del carro, la tomo de la cintura y le estampo un beso.

"Estas hermosísima"

"Me tocaba arreglarme. Es una comida con toda la familia y para ellos "Yo soy la gerente"" ríe.

"Y para mí también lo eres" le reitero dándole un segundo beso más largo e intenso.

"Vamos, la noche es nuestra" le digo.

"Usted es el que manda patrón" me dice riendo, da la vuelta, se sube al carro y se sienta a mi lado.

"Voy a dejar mi carro aquí. Luego me traes de vuelta para recogerlo, ok" me dice mientras deja su bolso en el asiento de atrás.

Asiento con la cabeza y comienzo a conducir.

Salgo prontamente de aquel barrio y tomo la Calle Quinta en dirección al norte de la ciudad.

¿A dónde me vas a llevar? Me pregunta acariciando mi pierna.

"Hoy tengo ganas de algo un poquito movido" le digo entrelazando sus dedos con los míos.

Sus ojos brillan…

"Súper, me encanta bailar. Hace rato que no lo hago."

"Bueno, esta noche tendrás la oportunidad de hacerlo como nunca antes" le anticipo sin apartar mi vista del camino.

"¿Sabes?, estábamos tomando vino en la reunión y estoy como contentica"

La observo y me río.

"Mejor, así comenzamos con pie derecho nuestra noche" le guiño un ojo.

"Guapo, ¿Y tú sí has comido alguito? ¿Quieres que vayamos a algún lugar antes?"

"No te preocupes chiquita. Solo tengo hambre de ti." Llevo su mano a mis labios y la beso.

Conduzco por unos minutos hasta llegar al barrio Versalles en el norte de la ciudad.

Giro, doy casi que una vuelta entera a una de las manzanas y meto el carro en un lote grande que se encuentra encerrado por muros de concreto. Es un terreno que a pesar de estar sin asfalto ha sido adecuado como parqueadero. Se ven en él varios carros de gama alta estacionados, pero a nadie alrededor.

"¿Por aquí hay una disco? No lo sabía" me pregunta mirando con curiosidad alrededor.

"No propiamente." le contestó.

Apago el motor y me volteo hacia ella.

"Ven aquí chiquita"

La tomo delicadamente de la cabeza enredando mis dedos en su cabello la altura de la nuca y la acerco a mí para poder besar su tierna orejita. Le muerdo el lóbulo y recorro con mi lengua todos sus pliegues.

"Rodri, me estás erizando" me susurra encogiéndose de hombros.

Con mi mano libre comienzo a subir por sus desnudos muslos hasta que la meto debajo del vestido. Toco un panty de algodón y deslizo mi mano a través de su borde para llegar a la piel interior.

Deseo sentir con mis yemas su cálida y secreta hendidura. Acaricio los vellitos cortos de su pubis y empiezo a palpar los delicados labios. Muevo suave y rítmicamente mis dedos hasta que comienzo a notar un poco de humedad. Entonces suavemente introduzco mi dedo medio en su gruta mientras sigo besándola en el oído. Siento que se le acelera la respiración.

Me detengo y retiro la mano. La miro a los ojos y me llevo el atrevido dedo a mis labios para poder aplicarme en ellos un poquito de su íntimo fluido como si fuera labial.

"Gracias chiquita, necesitaba lubricar mis labios, los tenía un poco resecos", le sonrío.

Ella me mira excitada.

"Vamos" le digo. Desciendo del carro, lo rodeo y le abro su puerta.

Ella desciende aún encendida y comienza a acomodar su cabello y vestido.

"Te acuerdas que me habías dicho que te gustaría aprender a bailar como lo hacen las bailarinas exóticas en la barra de pole dance?"

Me mira abriendo sus ojos azules.

"Este es un sitio donde podrás aprender de las mejores"

La noto sorprendida, pero me asiente con un hermoso brillo en la mirada.

"Deja tu bolso, la cadena y el reloj en el carro. Así estarás más cómoda y, sobre todo, más tranquila" le digo.

"Rodri, ¿si es un lugar seguro? ¿Me da un poquito de cosa?"

"No te traería si pensara que no lo es" sonrío nuevamente y le doy un beso. "Vamos"

La tomo de la mano y salimos del parqueadero por una pequeña puerta a la calle. Giramos hacia la izquierda, damos unos cuantos pasos y nos ubicamos frente a una reja que protege la entrada principal de una inmensa casa esquinera de tres pisos pintada de rosado.

En la entrada principal hay dos enormes morenos vestidos con camisa blanca y pantalón negro.

Uno se encuentra sentado dentro del inmueble ocupando un pequeño escritorio y hablando por teléfono.

El otro sale a nuestro encuentro, abre la reja y después de mirarnos de arriba abajo nos dice con voz intimidante:

"Son 30mil por cada uno" No tiene cara de muchos amigos.

Ella se aprieta a mí lado asustada.

"No le cobres. Es amigo de don Luis" grita el moreno que está en el escritorio sin soltar el teléfono.

El inmenso negro me mira y luego a ella. Yo me encojo de hombros y halándola de la mano atravieso la reja y después la entrada de la mansión.

El moreno del teléfono me saluda dándome la mano.

La sala de recibo es bastante amplia, decorada con un inmenso candelabro de pie con todas las velas encendidas. Hay una mesa de madera redonda de centro que soporta un jarrón repleto de flores.

Al frente, una ancha y larga escalera cubierta toda con un tapete rojo. Las gradas comienzan su ascenso en la sala de recibo justo donde estamos y dan un giro suave en curva hacia la derecha para terminar en el segundo nivel de la mansión.

En la pared hay un inmenso cuadro figurativo de una mujer desnuda.

Comenzamos a subir.

"Rodri, ¿qué es este lugar?" Me pregunta asustada.

"Ya te lo dije, es un sitio donde vas a aprender a bailar exóticamente" río.

Ella me sigue mirando.

"Chiquita, es un burdel y conozco al dueño", le confieso.

Detiene su andar y me mira con reparos.

Me da risa su aprensión...

"No te preocupes, no soy cliente de este tipo de servicios. Pienso que pagar por algo que sé que perfectamente puedo tener de maneras más cautivantes sería tonto."

No sé si me creyó, pero me mira más tranquila y continuamos nuestro ascenso.

"Y como te digo, conozco al dueño" le susurro.

Llegamos a la segunda planta. Es un corredor estrecho iluminado con candelabros más pequeños todos con sus largas velas encendidas.

Se aprecian varias puertas cerradas a lo largo del pasillo. Caminamos cogidos de la mano a través del mágico corredor hasta que encontramos otra escalera de madera que conduce al tercer nivel.

Hay cuadros por todos lados: imágenes figurativas de parejas teniendo sexo en diferentes posiciones, representaciones de falos descomunales con alas, alegorías pictóricas de orgías y bacanales.

En la esquina, antes de comenzar a subir por la escalera de madera, descubrimos una escultura de tamaño real que represente a una bella mujer tratando de escapar de unas fuertes manos que pretenden asirla.

"Es Medusa, y las manos son las de Poseidón tratando de atraparla para violarla." le digo.

Ella se queda mirando la estatua con sus hermosos ojos azules sin soltar mi mano y empezamos a subir por la escalera.

En la medida en que ascendemos se comienza a escuchar música. Y al llegar al tercer piso nos topamos con dos chicas hablando entre sí, semi desnudas y vestidas con prendas eróticas. Nos miran unos momentos y vuelven a retomar su conversación sin prestarnos atención.

"Son bonitas" me dice.

"El negocio no funcionaría si no lo fueran" le susurro.

"¿Busca a don Luis?"

Nos sorprende un sujeto alto, blanco y vestido igual que los morenos de la entrada; pero a diferencia de ellos, tiene un corbatín.

"Sí, Fabio" le respondo saludándole con la mano.

"Está en la disco con un extranjero amigo de él." Me informa.

Nos invita a que lo sigamos. Los tres recorremos un breve espacio en el que nos topamos a otra chica también poco vestida.

La muchacha me lanza una mirada lasciva y lame con su lengua su labio superior. Mi gerente me aprieta la mano y le lanza una mirada no muy amistosa.

En el tercer piso la iluminación sigue siendo suave. Hay también muchos candelabros y más, pero muchos más cuadros eróticos.

Sentimos entonces la música más fuerte.

Fabio abre una pesada puerta corrediza y enseguida nos envuelve el fuerte golpeteo rítmico de la música dance.

"Don Luis está al fondo" y nos señala en esa dirección.

Entramos al salón y Fabio cierra la puerta detrás nuestro.

Es una estancia no muy grande en la que caben perfectamente cien personas. Está todo oscuro; la única iluminación es producida por múltiples juegos de luces robóticas que se mueven al compás de la música que está sonando en ese preciso momento.

A nuestra derecha hay un segundo nivel más o menos a un metro de altura. En él se ven varias chicas sentadas en diversos sofás de color negro.

En todo el centro del salón hay una larga pista escenario construida a dos peldaños por encima del suelo y en cuyo centro se aprecia un brillante tubo de pole dance. Alrededor de la pista se ven muchos asientos acompañados de pequeñas mesitas.

Contamos cuatro grupos de hombres en el salón. Y en cada grupo una chica atendiéndolos. Dos grupos al frente nuestro. El tercero, a nuestra izquierda, compuesto por cuatro muchachos jóvenes haciendo bulla. Y el cuarto, al fondo, es en el que está Luis. En total hay unos doce hombres allí reunidos.

Cuando entro con mi acompañante, todos los presentes -hombres y mujeres- nos observan con curiosidad… Mas a ella que a mí.

"No me vayas a soltar la mano por nada del mundo" me dice asustada.

"Tranquila chiquita, estás conmigo."

Caminamos hacia donde está Luis pasando por el lado de los muchachos quienes inmediatamente comienzan a adular a mi pareja y a invitarla a que se quede con ellos.

"Ignóralos" le digo halándola de la mano.

"Olá Rodrigo… Como vai? Me grita Luis poniéndose de pie.

Lo saludo efusivamente.

Es un tipo bajito, de unos sesenta y cinco años, ojos claros y dueño de un gran carisma. Viste con un jean azul y una camisa fucsia abierta al pecho. Se siente como si fuera un mozalbete.

"Tempo sem verte" me dice.

"He estado un poco ocupado" le contesto cordial.

Voltea para conversar en inglés con su acompañante quien sostiene en sus piernas a una guapa mujer negra.

"¿De dónde es él? Tiene un acento raro" me pregunta ella al oído y sin soltarme la mano.

"portugués" Le susurro.

"Te presentio a Bill, fue meu jefe en Miami. Y ¿ quiem és tu linda amiga?"

La mezcolanza de español y portugués me causa gracia.

Saludo a Bill en inglés, le sonrío a la morena acompañante que tiene sobre sus piernas y les presento a mi gerente.

"Ella es Laura… Me traía loco desde hace días con que quería venir a ver el show."

Nos reímos todos.

"Muito Prazer Laura." Le dice tomando su mano y la da un beso en la mejilla.

"Luis, los dejamos a ustedes dos conversar tranquilos. Vamos a hacernos en ese puesto" le digo señalando la otra esquina.

"Ok Rodrigo." Y aplaude con fuerza…

"Fabio, traga dois drinques para meus amigos"

Nos despedimos y nos acomodamos en un sofá cerca de la otra esquina. Ella se aprieta junto a mí.

"¿Por qué le dijiste que me llamaba Laura?" Me pregunta curiosa.

"Porque no quise decirle tu verdadero nombre" le contesto, y continúo sin darle importancia al asunto…

"El show comienza en una hora" le digo mirando mi reloj.

Fabio no tarda en aparecer con dos tragos dobles de Wiski, los deja sobre la mesita y se retira.

"Hoy vamos a brindar por Laura" le digo riendo.

"Por Laura" me contesta con complicidad.

Chocamos los vasos y bebemos los dos un gran sorbo.

"¿Y que hace un portugués aquí en Cali y con este tipo de negocio?" me pregunta curiosa.

"La vida de ese hombre da para un libro" le contesto. "Fue un tiempo gerente de banco en Miami, igual que tú –la miro y le aparto unos cabellos del rostro- El gringo que está a su lado es un millonario dueño de una fábrica de papel en EEUU según me ha contado el mismo Luis."

Ella los observa con curiosidad. Bill es mucho mayor que Luis y en su rostro arrugado se ve la inmensa felicidad que le produce la hermosa morena que sostiene en sus piernas.

Comienzo a acariciar los desnudos muslos de Laura mientras nos entregamos a una íntima conversación sobre todo lo que alcanzamos a ver en el lugar. Sobre los cuadros, las chicas, la música y sobre el mismo Luis.

Cuando terminamos nuestro licor, Fabio aparece nuevamente con otros dos tragos.

"Como que quieren emborracharnos" me dice Laura riendo. Y se bebe todo el contenido de su segundo trago. Comienzo a notarla más relajada, más contenta.

En medio de la oscuridad me doy cuenta que uno de los hombres, de aquellos que estaban en el grupo del frente cuando entramos, no deja de mirarla.

"Como que le gustaste" le susurro al oído mirando al sitio donde se encuentra el sujeto.

Ella le dirige su mirada y el tipo le manda un beso de la manera más desvergonzada.

Ella me mira con repugnancia.

"Yo no sería capaz de estar con un tipo gordo y feo… Además, ésta Laura está esta noche contigo" Y me besa.

"Quien quita, de pronto el gordo paga mejor que yo" le digo acariciando mi lengua con la suya.

"Pues hoy es noche de placer. No de negocios"

Se separa, agarra mi vaso y se acaba todo el contenido de wiski que había en él.

"¿Y qué dices de los muchachos de allá? ¿No aguantan?" y le señaló el grupo de hombres jóvenes.

Orienta su mirada al lugar donde están los muchachos que la adularon cuando pasamos por su lado. Los observa con detalle por unos segundos. Están bebiendo cervezas y molestando a una de las chicas del lugar.

"No." Me vuelve a mirar con sus ojos azules.

"No me gustan los culicagados; me gustan, así como vos."

Fabio llega con dos nuevos vasos de wiski, los deja en la mesa y se retira.

Ella toma el suyo, le da un sorbo y continua.

"Sabes, me he dado cuenta contigo que me gustan los hombres que tienen sorpresas. Ese misterio los hace más sexys."

"La curiosidad mató al gato" le digo sonriendo.

"Vale la pena el riesgo" bebe más de su wiski.

"Entonces que sea el motivo… ¡Por las sorpresas Laura!" le digo, choco mi vaso con el suyo y tomo también parte de su contenido.

La noche avanza y somos testigos de cómo el recinto se va llenando poco a poco de más hombres hasta quedar repleto.

Al lado nuestro se siente un tipo maduro, está solo; nos saluda.

Ambos le correspondemos el saludo de manera educada.

De repente se apagan todas las luces del lugar y se encienden unos reflectores de color blanco que concentran sus haces de luz sobre la tarima escenario.

Las voces se silencian y comienza sonar La Passion de Gigi D'Agostino.

"Y ahora todas nuestras flores bailaran para ustedes en un desenfrenado baile sensual" resuena una voz por los parlantes.

Vemos como una a una todas las chicas se suben en la tarima y comienzan a bailar con movimientos muy sensuales.

Los hombres del recinto comienzan aplaudir, a chiflar, a gritar.

"Son todas muy bonitas y tienen unos cuerpazos" me dice Laura detallándolas.

"Sí, pero me gustas más tú", le digo sin dejar de mirar a las mujeres.

Pienso unos segundos, me volteo a mirarla y le digo…

"De hecho me gustaría verte bailar a ti allá arriba"

Me mira con asombro. Y después de meditar unos instantes lo que acaba de escuchar, se toman todo el wiski que quedaba en su vaso y en el mío, se quita los tacones y me los entrega.

"Usted manda… Usted es el patrón esta noche" Y de un brinco se trepa sobre el escenario.

Ahora está sonando Freed from desire de Gala.

Laura comienza a moverse muy sensual agitando su pequeño vestido negro que ya se le ha subido bastante.

Sus piernas se ven hermosas y sus pies descalzos le otorgan un aire muy sexual.

Estoy hipnotizado viéndola.

Las chicas a su alrededor también se mueven sugestivas y comienzan a quitarse los sostenes hasta quedar todas con los senos al aire. Es un verdadero banquete visual.

Mi gerente sacude sus negros cabellos, ejecuta giros y me lanza miradas llenas de pasión. El azul intenso de sus ojos contrasta de una manera fascinante con su negra cabellera.

"Amigo, usted se hizo a una de las mejores" Me dice el sujeto que se había sentado a nuestro lado y me brinda una copa de aguardiente.

"Son las ventajas de llegar temprano" le digo, me tomo el trago y sin quitar los ojos de Laura le doy las gracias.

Suena Bla bla bla de Gigi D'Agostino.

Las chicas descienden de la tarima y comienzan a bailar cerca de todos los hombres quienes comienzan a introducir billetes dentro de los diminutos bikinis y tangas.

Mi gerente se queda bailando sola sobre la tarima casi que poseída por el ritmo de la música. Ha cerrado sus ojos y está sacudiendo su cuerpo. Mueve su vestido negro con mucha sensualidad. Está disfrutando el ritmo.

La música se mezcla y comienza a sonar Another way de Gigi D'Agostino.

Una de las chicas se aproxima a mí y me pone sus senos en el rostro. Son grandes y bien formados.

Busco en mi bolsillo, extraigo un billete y se lo meto dentro de la tanga, muy cerca de su pubis. Me sonríe coqueta y me pregunta:

"¿Ustedes dos vienen de parche?"

Puede ser le digo volviendo a buscar con mis ojos a Laura que sigue bailando contenta sobre la pista.

"Hablemos más tarde" le digo picándole el ojo.

"Ok. Mi nombre es Jazmín" y se va.

Se acerca entonces Laura para ponerse a bailar frente a mí. Se sube sensualmente su falda y me enseña un panty rosado llenos de florecitas que se me hace el colmo de la ternura.

Me hace un gesto con un dedo para que me acerque a ella, la obedezco y me susurra:

"El gordo me está haciendo señas para que me le acerque".

"Hazlo y me cuentas que te dice" le digo sonriendo.

Se yergue, sigue bailando y se dirige moviéndose al ritmo de la música a dónde está el sujeto.

"Está muy buena esa hembra. Me interesaría poder estar con ella después de que usted se la coma" Me dice el tipo de al lado.

"Será en otra ocasión" Le digo. "Me la voy a llevar. Ya pagué la multa que exige la casa" Le sonrío y me encojo de hombros.

"Vaya tipo con suerte" Vocifera y se toma un trago de aguardiente.

La miro como le baila al gordo y abro mis ojos cuando noto que el tipo comienza a acariciar sus piernas.

Laura permanece allá unos minutos, conversa algo con el sujeto y luego retorna para sentarse a mi lado sin dejar de reír.

Me quedo callado esperando que hable.

"Me quería contratar para los tres servicios." Me confiesa.

"Le dije que sí, pero que otro día porque hoy estaba contigo. Y ¡mira! me metió 10mil pesos en el panty" Me muestra el billete riéndose.

Busca algo de tomar en la mesa.

“Tenga hermosa” le dice el tipo de al lado dándole una copa de aguardiente.

Ella se lo recibe sonriendo y se lo toma de un solo trago.

“Gracias” le dice… “Pero esta noche estoy con él” Y me abraza.

El tipo se ríe… “Buen provecho” nos dice.

“Rodri… ¿Qué significa “tres servicios”?” me pregunta agitada aún por el baile

Le acaricio sus cabellos y la miro a sus hermosos ojos azules.

“Sexo oral, anal y vaginal”

“Mmmm ya” Abre aún más sus zafiros ojos.

“Gordo malparido”

Me da un ataque de risa. A ella también

“Y ahora nuestro show principal. Con ustedes Jazmín” Resuena por los parlantes la misma voz de antes.

Aparece Jazmín disfrazada de diablita, con cachitos, una cola, capa roja y un tridente de plástico.

Y comienza a sonar Lady de Modjo.

“¿Esa no es la tipa que estaba coqueteando contigo ahora?” me pregunta Laura.

“No me estaba coqueteando, estaba haciendo su trabajo” le digo riendo sin dejar de observar el show.

Jazmín comienza a hacer cabriolas en el tubo. Es toda una profesional.

Se mueve muy sensual y el recinto estalla en aplausos.

Entonces se deshace de los cuernos, de la cola y de la capa, junta todo y se lo arroja a Fabio.

Continúa bailando muy eróticamente a largo y ancho de la pista.

Es una mujer alta, de cabello corto castaño y mirada traviesa. Tiene el abdomen marcado. Sus abdominales se pueden casi que contar.

De repente se quita el sostén con mucha gracia y quedan expuestos sus dos hermosos y grandes senos.

Lo deja caer sobre la pista y continua su show.

Baila unos instantes en topless y se quita la tanga, se acerca dónde estamos Laura y yo y me la lanza.

"Me la guardas" Gesticula con su boca, da media vuelta y continua bailando completamente desnuda. El público grita de emoción.

"¿Te gusta ella?" Me pregunta Laura con tono frío.

Percibo un poquito de celos en su voz.

"Me gustas más tu chiquita" le digo y le doy un largo beso que se extiende casi que todo lo que dura el show.

Se separa, me mira a los ojos:

"Mis pantys son más bonitos que esa fea tanga"

El show termina. Todos comienzan a aplaudir y las luces comienzan a funcionar como antes.

Fabio se acerca y me pregunta si nos trae otros dos vasos.

"Sí" contesta ella.

"No Fabio. Gracias" le digo.

Cuando se retira Laura me mira haciendo pucheros.

"Estás ya en el punto perfecto… Una gota más y te pierdo y lo que más deseo esta noche es que estés prendidita pero bien consciente de lo que estás haciendo"

"Usted manda patrón" me dice haciendo el gesto de una subalterna militar con su mano. Y se me lanza para que continuemos besándonos.

Estoy tan excitado que comienzo a acariciar su pubis debajo del vestido.

"Esto es lo más loco que hecho en mi vida" me susurra mientras estoy besando su cuello.

De pronto escuchamos una voz.

"Perdón los interrumpo…vengo por mi tanga"

Jazmín aparece frente a nosotros totalmente cambiada.

Se la entrego, la tomo de la mano y la halo hacia mí. Cuando acerca su oído a mí boca le susurro unas palabras.

Se separa, me asiente con su rostro, me hace con sus manos el gesto de "espera" y se marcha.

"¿Qué le dijiste?" Me interroga enseguida mi hermosa gerente con una mirada penetrante y fija.

"Que éramos pareja de esposos voyeristas y que habíamos venido a ver un show lésbico privado" Le contesto sonriendo y dándole un beso en su boca que ha quedado abierta después mi respuesta.

Me separa.

"Espera un momento… ¿Que qué?"

Comienza a sonar Barbie Girl de Aqua.

“Lo que escuchaste chiquita. Y ahora dame un beso que me encanta esa lengüita”

La sigo besando hasta que Jazmín regresa y habla nuevamente conmigo unos minutos al oído. La intensidad de música lo hace necesario.

Cuando se marcha, son ahora los ojos azules de Laura los que están interrogándome.

“Ya está todo arreglado.” Le digo.

“Jazmin es gay y su pareja trabaja aquí también. Ya habló para que nos preparen una habitación en el segundo piso.”

Le hago señas a Fabio para que se acerque.

Laura me está mirando boquiabierta y sin habla.

“Fabio, creo he cambiado de opinión. Vamos a necesitar una botella de wisky… Por favor que no la lleven a la habitación.

*****

Regreso al presente.

Es hora de dormir. Seguramente el insomnio de todas estas noches me está pasando factura.

Cierro el portátil, apago la luz del estudio y me voy a la cama.

Sonrío recordando la cara que puso mi gerente… Pero más aún con todo lo que ocurrió aquella noche.

CAPÍTULO VI

Treceavo día de Cuarentena

Hoy pude salir de mi encierro para ir a comprar provisiones; el último número de mi cédula de ciudadanía me lo permitió de acuerdo con la restricción impuesta en la ciudad de Cali.

No me demoré en llegar al supermercado y como era de esperarse no había muchos vehículos transitando. En el almacén percibo un ambiente no muy alentador. Los rostros de las personas con las que me cruzo en los pasillos reflejan el hecho de que todos sin excepción estamos viviendo una realidad surrealista… Un terrible sueño.

Llega la noche y el presidente ordena la extensión del periodo de Cuarentena. No me sorprende su decisión y ruego a Dios para que la prórroga del aislamiento cumpla su propósito y, lo más importante, que sea eficaz.

Decido entonces seguir recordando y materializando mis recuerdos de aquellas vivencias que me aceleran agradablemente el pulso. Mi terapia de cuarentena se ha vuelto escribir Mis Memorias Eróticas de un Encerrado.

Retorno al año 2000, regreso a la historia que dejé inconclusa hace un par de días…

¡Vuelvo a la Mansión Rosada!

******

Se oye ahora música salsa…

El Dj ha quitado el dance para permitir que las chicas puedan bailar con los hombres que se encuentran en el club y así dinamizar el negocio de la casa de lenocinio.

"Rodri, todo esto es muy loco. Nunca me imaginé que íbamos a terminar en un sitio así ésta noche. Y mucho menos que…"

La tomo de las manos y no la dejo continuar.

"No hay nada escrito chiquita. Los acontecimientos simplemente se suceden el uno al otro como en una montaña rusa. Simplemente levantas los brazos cuando llegas a un vacío para aumentar la sensación" le doy un beso y la invito a bailar la pieza que ha comenzado a sonar.

"Ven, me gusta esa canción."

Nos ponemos de pie, la aprieto contra mí tomándola de su delgada cinturita y ubico su mano derecha detrás de mi cuello.

La acerco más a mí cuerpo tomándola de su cadera y comenzamos a movernos muy unidos. Me encanta el olor a mujer.

Está sonando en esos momentos "Amor a medio Tiempo" de Cano Estremera.

"Que más me da, que más me da
Si tu llegaste o si te vas
Con ese amor a medio tiempo
No hay nada serio en realidad
Solo unas horas nada mas
Así es tu amor de medio tiempo."

Con placer veo que mi cuerpo se amolda muy bien al bailar con el suyo; era de esperarse ya que hasta el momento nos hemos entendido muy bien en la cama, pienso.

Recuerdo entonces que se encuentra descalza por lo que comienzo a moverme con más cuidado para no ir a pisarla.

Acaricio su espalda y la beso en el oído mientras nuestros cuerpos se contonean al ritmo de la suave salsa. Nos olvidamos por unos instantes de que a nuestro alrededor se desarrolla toda la parafernalia del burdel: tres hombres bailan también con chicas del club y todos los demás clientes platican, ríen y negocian con sus acompañantes.

"Solo una cosa te diré
Que siento como me hace bien
Todo ese amor de medio tiempo" dice la canción.

"Me gustas mucho" me dice Laura separando nuestras mejillas y mirándome a los ojos.

"Me haces sentir mucha adrenalina y me haces dar ganas de hacer cosas que jamás se me había pasado por la cabeza. Pero siento que tengo que controlarme…"

Detallo sus lindos ojos azules, y miro sus labios… "A mí también me gustas" respondo mentalmente y le doy un suave beso para que no continúe hablando. Oigo la letra del disco:

"Solo es tu amor, amor a medio tiempo
Yo soy feliz de part time lover
Y cuando se acabe la aventura y la emoción
No quiero que llores.
Recuerda que siempre seré
Tu part time lover"

Bailamos hasta que termina la canción, y nos volvemos a sentar donde estábamos.

Suena ahora: "Hazme olvidarla" de Willy González.

Observamos como el sujeto que estaba a nuestro lado se retira de donde estaba llevando de la mano a una chica robusta pero bien simpática.

Nos mira y se despide de nosotros cordialmente.

Laura me mira alzando sus cejas.

"Los tres servicios" le susurro picándole el ojo.

Nos reímos siguiendo con nuestras miradas al hombre hasta que abandona el recinto.

Nos damos cuenta también de que el gordo que le había coqueteado hace una hora está ahora engolosinado con una mujer india muy guapa.

"Ola Rodrigo. Como está la noite". El portugués nos sorprende. Está ubicado al frente nuestro.

"Espero que Laura se este divirtindo"

"Sí, don Luis. Muchas gracias" contesta tímida.

"Ñao me diga don...apenas Luis" Dice riendo y se sienta a mi lado.

"Bill se fue con la prieta. Ojala ñao le vaya a dar un ataque" ríe efusivo y me da una palmada en la espalda.

"Contraté a Jazmín para un show lesbi privado" le digo.

"Jazmín es buena chica. E la enamorada trabaja aquí tamben" me dice mirando con detalle todo lo que está sucediendo en el club y tomando un sorbo del vaso de wiski que trae consigo.

"Si, eso me dijo. Estamos esperando que nos arreglen una habitación" le informo.

Laura se acerca más a mí para poder escuchar lo que converso con el portugués.

"Espera um momento" Alza su mano y llama a Fabio.

Cuando el empleado llega y se ubica delante nuestro le dice:

"Fabio que usem el quarto del primer piso"

El empleado asiente y me mira a mí:

"Le voy a traer la botella mientras alistan todo"

Le digo ok y veo como se retira.

"Aquel cuarto está recem decorado" me secretea el portugués y me pica el ojo.

Laura me toma del brazo.

"Rodri, quiero ir al baño" me susurra al oído.

Se escucha ahora "A pesar del Tiempo de Mickey Taveras.

"Ve, te espero"

"¿Sola?" Me mira perpleja.

"Claro Chiqui… No puedo entrar al baño de mujeres contigo. Además, si te acompaño te espanto los admiradores" me río sosteniéndole la mano.

Mira unos segundos indecisa alrededor. Entonces se calza los tacones y se pone de pie.

"Ok. Ya vengo"

"No me voy a ir a ningún lado" le contesto mandándole un pico con los labios.

"Beleza, el baño femenino queda en el segundo planta" le advierte Luis.

Cuando Laura se aleja, Luis y yo nos quedamos mirando como sortea con gracia a todas las personas que se encuentra antes de llegar a la puerta corrediza.

Me pongo a conversar con Luis sobre el club, las chicas, del gringo Bill y de su esposa rusa que odia al portugués por ser un alcahuete; y por supuesto, de sus nuevas obras de arte.

Me comenta que tiene a un artista viviendo desde hace meses en la mansión y que está dedicado a pintar en óleo en gran formato a todas sus hermosas flores.

Cuando me dice de quien se trata me doy cuenta de que es un amigo que tenemos ambos en común. Y río.

Fabio llega con una botella de Old Parr y dos vasos llenos de hielo, deja todo sobre la mesita y se retira.

"Sabes Luis, uno de mis sueños es llegar a tener algún día un club tan reconocido como el tuyo." Luis me mira curioso.

"Pero no exactamente igual igual" Río mientras abro la botella.

Le sirvo un poco de wiski en el vaso que sostiene con su mano y lleno los dos que me acaba de traer Fabio.

"Si tu lo visualizás se tornara en una realidad" me dice.

Choco mi vaso con el suyo en gesto afirmativo.

"Que así sea"

Entonces vemos aparecer al fondo a Laura y nos divierte las peripecias que tiene que hacer para poder llegar hasta donde nos encontramos.

"Sobreviviste" le digo dándole la bienvenida. Me río y le ofrezco un vaso con wiski.

"Sí, gracias por acompañarme" Me dice seria, se sienta y se toma un sorbo de su trago.

"Laura, ¿Y como te ha pareceido toudo?"

Laura se inclina sobre mis piernas para responder. Ya está más a tono después de su aventura.

"La decoración de la mansión me parece muy sui generis… Pero lo que más me ha impactado ha sido las mujeres que aquí trabajan. No me imagine nunca que fueran tan bonitas"

Luis se ríe.

"Las mulheres mais bonitas do mundo estan en Rio de Janeiro y em Cali."

Se toma un gran sorbo de wiski y le concluye...

"Te lo dice alguém que ha viajou miuto"

Conversamos un rato los tres hasta que Fabio llega, y nos anuncia que la habitación está lista.

El portugués nos hace un gesto con su mano para que nos vayamos.

Nos ponemos de pie, nos despedimos de Luis mientras vemos como Fabio toma la botella.

Le entregamos nuestros vasos y lo seguimos hacia la salida. Laura busca mi mano y se agarra firmemente a ella mientras avanzamos.

"Me cayó bien Luis" me dice al oído.

"Es un buen tipo" le contesto esquivando a los hombres y mujeres que nos encontramos en el camino.

Salimos de la disco y recorremos un pasillo que termina en una escalera en caracol que se encuentra bien al fondo y que desemboca directamente en el primer nivel de la Mansión sin comunicarse con el segundo piso.

"Esta casa es un laberinto" me dice Laura impresionada.

Descendemos detrás de Fabio y llegamos al primer nivel. Atravesamos una gran sala en la que se ve un teatrino con sus sillas, telón y tarima.

"¿Y este teatro?" Pregunta Laura curiosa.

"Para representaciones eróticas y puestas en escena privadas" le digo.

"Ha ya" me contesta ella como si fuese lo más normal del mundo. Me río.

La decoración sigue siendo surrealista. Hay cuadros eróticos y estatuas alegóricas por todo el recorrido.

Fabio de pronto se detiene y abre una puerta que se encontraba oculta detrás de unas gruesas cortinas y nos hace entrar a una gran habitación.

"Este es el cuarto favorito de don Luis. Ya baja Jazmín y Sofía" nos dice, coloca la botella con los vasos en una mesita y se retira cerrando la puerta al salir.

"¿Sofía?" me mira Laura perpleja.

"Presumo que así se llamará la novia de Jazmín", le contesto sin dejar de examinar el dormitorio.

Laura comienza a recorrer también con sus ojos todo el recinto.

Es una habitación bien grande con una inmensa cama redonda adornada con un cubre lecho de color marrón y tres grandes cojines del mismo color pero se diferentes tonos.

En el cabezal de la cama hay un inmenso espejo que refleja toda la habitación. Sobre el techo se aprecian unas telas colgadas que brindan la impresión de que nos encontramos en una gran carpa en medio del Sahara con una acogedora y mágica atmósfera árabe.

En todo el frente de la cama vamos un inmenso sofá de cuero y a su lado la pequeña mesa en la que Fabio depositó nuestra botella de wiski y los dos vasos.

La suave iluminación de la habitación proviene de dos candelabros que están a lado y lado de la redonda cama. En las paredes de todo el cuarto cuelgan sugestivos tapices de color rojo en los que se aprecian dibujos explícitos de parejas teniendo sexo en diferentes posiciones tántricas.

En una de esquina vemos una efigie de la diosa Shiva danzante en tamaño natural, Y en el piso un mullido tapete salpicado de alegorías árabes que se extiende por todo el cuarto de pared a pared.

Caminamos hacía una pequeña puerta que queda entre uno de los candelabros y la pared tapizada. Nos asomamos y descubrimos un baño decorado con cerámica antigua. Es elegante y se encuentra muy bien aseado. El Lavabo, el retrete y la tina son de diseño antiguo.

Volvemos a la habitación. Entonces percibimos un repiqueteo de tambores suaves acompañados de una suave flauta y el hipnótico sonido de cuerdas de una cítara.

Es música árabe que proviene de un par de pequeños bafles ubicados en las esquinas del techo. Y justo al salir del baño notamos también una vela de incienso que se encuentra encendida y sujetada por un pequeño cubilete adherido a la pared al lado de la cama. De ella se desprende un suave y cautivante aroma a sándalo.

Laura comienza a recorrer fascinada toda la habitación y se detiene frente a la danzante Shiva para acariciar cada uno de sus cuatro brazos.

"Es la danza de la destrucción del dios Shiva de la India" le digo mientras sirvo un poco wiski en uno de los dos vasos.

Se voltea y me mira.

"Me encanta este ambiente" me dice.

"Nunca me habría imaginado que en esta casa hubiera todo esto… Y he pasado varias veces por aquí."

Se acerca a mí.

"Todo esto es muy místico"

"No más que tu mi Scherezada" le digo brindándole un trago.

"¿Mi qué?" me pregunta recibiendo el vaso.

"Así se llama la mujer que enamoró al sultán de las Mil y una Noches" le digo atrayéndola a mí cuerpo.

Tomamos ambos del mismo vaso; lo deposito sobre la mesa y comienzo a besarla.

Le subo el vestido, acaricio su panty y aprieto con pasión sus dos hermosas nalguitas. ¡Me encantan! Le muerdo uno de sus labios y mi lengua comienza a juguetear con la suya mientras la música nos transporta al Medio Oriente.

De pronto tocan a la puerta. Paramos de besarnos y nos separamos.

"Adelante" exclamo.

La puerta se abre y entra Jazmín acompañada de otra chica. Vienen las dos vestidas con levantadoras de color negro, sandalias y traen consigo un bolso.

"Hola. Les presento a Sofía" Nos dice Jazmín.

Sofía es más bajita. Parece ser de la misma altura que Laura. Tiene el cabello largo y negro, tez trigueña; rostro atractivo; ojos y pestañas grandes con cejas pobladas, pero femeninamente arregladas. Calculo que debe tener aproximadamente unos veinte años. Jazmín debe ser unos dos años mayor que ella.

"Hola Jazmín. Mucho gusto Sofía" la miro y le doy la mano. "Laura es mi pareja y nos encanta mirar. No somos muy de participar, así que...

¡Sorpréndanos!"

Tomo un vaso, lo lleno de wiski y se lo entrego a Jazmín.

Noto que Sofía mira con mucha atención a Laura.

Beben ambas todo el contenido del vaso, entonces Jazmín me lo devuelve, le agarra la mano a Sofía y nos dice:

"Vamos al baño y ya salimos"

Laura y yo nos sentamos en el sofá. Nos miramos en el reflejo del inmenso espejo.

"Hacemos una pareja bonita" me dice ella. Entonces calla y me mira a los ojos.

"Sabes Rodri, cuando estuve en el baño me topé con la novia de Jazmín"

Mira hacia al baño y continúa

"Se me presentó y ¡Me coqueteo! Me dijo que le encantaban mis ojos azules y me preguntó que si yo era bisexual"

"¿Y qué le contestaste?" le pregunto llenando nuestro vaso con wiski.

"Pues que no. ¿¡Qué más le iba a decir!?" me mira seria.

"A mí no me gustan las mujeres"

"Bueno, tal vez deberías algún día probar. Puede que sea una experiencia que expanda tu mente" río y le ofrezco un poco de wiski.

Me mira con perplejidad y se toma todo el contenido de un sorbo.

"Si tuviera esto entre las piernas" Y me agarra sorpresivamente la entrepierna... "Se lo habría hecho en el baño"

Entonces se sienta sobre mí en posición de horcajadas con su rostro frente al mío y comienza a besarme con pasión.

La música árabe nos envuelve. Le subo la falda y siento como comienza a aparecer mi erección.

"Estamos listas" oímos decir a Jazmín.

Laura se quita de encima mío y se sienta a mi lado.

Sofía y Jazmín salen del baño luciendo ambas unos trajes bastante eróticos compuestos por sostenes, corsés, ligueros, tangas y medias enmalladas. Calzan los dos largos tacones. El traje de Sofía es rojo. El de Jazmín negro.

Sus cuerpos son increíblemente trabajados y muy hermosos.

Se paran al frente nuestro y comienzan a besarse suave y provocativamente.

Las contemplo absorto. Estoy ante una clase magistral de cómo debe ser un buen beso: lento, suave, lenguas tímidas, miradas intensas y profundas, mordidas delicadas.

"Yo quiero un traje de esos", me susurra Laura al oído mientras las contempla. "Nunca me he vestido así y me gustaría hacerlo un día"

Jazmín corre las tiras del sujetador de Sofía mientras la besa en el cuello. Desabrocha el sujetador rojo y el corsé para dejarlos caer a sus pies. Los senos de Sofía no son tan grandes como los de su pereja, pero son apetitosos y tienen un par de piercings atravesados en los pezones.

Jazmín se entrega a saborear el par de senos mientras Sofía le acaricia los cabellos y comienza a respirar profundamente… Y entonces le lanza una mirada lujuriosa a Laura.

"Creo que has sido la estrella de la noche" le susurro al oído.

Me corro bien hacia atrás en el sofá, separó las piernas y le susurro a Laura que se siente delante mío con su espalda apoyada en mí.

Jazmín se arrodilla para besar las nalgas de Sofía quien está de pie frente nuestro. Le quita la tanga y las medias de malla. Y entonces vemos un delicado pubis depilado.

Yo comienzo a sentirme muy caliente. Busco el cuello y el oído de Laura y comienzo a besarla. A respirar en su oreja. A lamerla con delicadeza.

"Quítate el panty. Quiero que le muestres tu tierna cuquita a tu admiradora"

Laura me obedece sin chistar. Se saca primero los tacones, se quita el panty de florecitas y recoge el vestido a la altura de su vientre. Abre entonces bien sus piernas dejando descansar una de ellas sobre mi rodilla. Sofía está encantada con lo que ve.

Con una de mis manos comienzo a acariciarle la vulva, la abro separando sus delicados labios, la mimo. Con la otra mano la despojo despacio de su vestido sacándoselo por su cabeza. Laura no traía sostén. Sus senos son pequeños, pero inmediatamente perciben el contacto de mis dedos, sus pezones comienzan a ponerse muy duros.

Jazmín se pone de pie y conduce a Sofía a la cama.

La tumba de espaldas y permanece de pie mientras se desviste totalmente.

No sabría decir cuál de las dos imágenes es más sensual. Si la que tenemos en frente o la que nos refleja el gran espejo.

Vemos como le abre las piernas a Sofía y se inclina sobre su vagina para besarla y hacerle sexo oral.

Jazmín permanece arrodillada dándonos la espalda y exhibiéndonos en primer plano la cara posterior de su trasero y vulva. Sofía comienza a gemir.

Yo muevo rítmicamente mis dedos sobre los pliegues de la entrepierne de Laura mientras ella me agarra mi otra mano y la estruja con vehemencia sobre sus senos.

"Apriétamelos duro" me dice respirando agitada.

Siento como su vagina se torna cada vez más húmeda con el frote rítmico y constante de mis dedos. Abro y cierro sus pliegues.

Jazmín se pone de pie y se sube a la cama. Le da un beso a Sofía, y entrecruza sus piernas con las de ella de tal forma que los labios vaginales de ambas quedan en contacto. Y entonces comienza a agitar su cadera generando una exquisita y mojada fricción que alcanzamos a escuchar Laura y yo desde el sofá.

Los vientres de las dos mujeres se agitan, se sacuden y se aprietan con frenesí por unos cuantos minutos. Comienzan a gemir en coro.

Mis dedos no han dejado de masturbar a Laura que esta ya totalmente empapada y respira con mucha agitación. Incluso deja salir unos gemidos que son más fuertes que los que emiten las dos amantes de la cama.

Jazmín se separa de Sofía, busca el maletín que traía consigo y extrae de él un pene de plástico de color negro que se acomoda en un arnés de cuero. Se lo coloca entre las piernas, ajusta su correa y obliga a Sofía a arrodillarse en cuatro. Lame sus dedos, soba con ellos la gruta de Sofía y comienza a penetrarla.

Primero suavemente, y luego armoniza sus empujones con el ritmo de la mística música árabe que no ha dejado de sonar.

"Penétrame a mí también" me suplica Laura. "Te quiero sentir dentro de mí"

La siento a mi lado en el sofá, me pongo de pie y me desvisto sin dejar de observar como Jazmín continúa penetrando sin cesar a su novia.

Busco el preservativo que siempre cargo en la billetera, lo extraigo excitado, rasgo el empaque con mis dientes y me lo pongo.

Vuelvo a sentarme donde estaba y hago que Laura se siente sobre mi ofreciéndome su espalda para que pueda seguir viendo el show.

Siento como sujeta mi miembro y lo desliza hacia el interior de su húmeda abertura. Junto mis dos piernas y ella, apoyando sus manos en mis rodillas, comienza a mover su cadera rítmicamente hacia atrás y hacia delante. Su pelvis se zarandea y yo comienzo a besarle su delicada espalda sin dejar de observar el reflejo de las dos mujeres en la cama.

Mis manos comienzan a masajear con firmeza los pequeños pechos de Laura.

"Que rico, me encanta tu pene" gime Laura. "Lo siento tan adentro"

Jazmín y Sofía cambian de posición.

Jazmín se acuesta boca arriba con sus pies en dirección nuestro y Sofía se trepa encima de ella sin quitarnos la mirada de encima. Agarra con su mano el dildo negro que brilla por lo mojado que está y se lo mete en la vagina mientras nos observa con ojos vidriosos y la boca semi abierta.

En medio del éxtasis que me envuelve noto que Laura y Sofía se comienzan a mover sus caderas casi que sincronizadas. El vaivén de sus vientres se armoniza con el ritmo de la sensual música árabe que está sonando.

Mi pelvis comienza a moverse y a secundarla en su fuerte vaivén.

Veo que Sofía se detiene, se separa y conversa algo con su novia. Luego se corre hasta el borde de la cama, se pone de pie y se nos acerca.

Laura no ha dejado de mover con ahínco su cadera. Esta muy excitada. Yo también.

Sofía se acerca, se arrodilla y comienza a acariciar una de las piernas de Laura con mucha sutileza. Mi gerente le toma la mano y la lleva directamente a su vulva.

Jazmín se sienta en el borde de la cama, saca un cigarro de su bolso y comienza a fumar.

Sofía se queda mirando la profundidad del azul de los ojos de Laura mientras la masturba con sus dedos. Mi pene sigue en ella entrando y saliendo.

Veo como Sofía acerca su rostro tímidamente a los labios y comienza a besarla.

Laura abre su boca y le responde. Se entregan ambas a un apasionante delirante beso.

El tacto de la mano de Sofía rozando mis testículos hace que la sangre se me caliente aún más.

Dejo de acariciar los senos de Laura y comienzo a sujetarla de sus negros cabellos.

Los aprisiono con firmeza mientras Sofía baja por el pecho y se concentra en lamer, besar y succionar los ahora libres turgentes pezones de Laura.

Yo sigo penetrándola rítmicamente, asiéndola de sus cabellos mientras con mi boca relamo su erizado y blanco cuello.

Laura cierra sus ojos y ronronea de felicidad.

Sofía comienza a descender con su lengua por su vientre, por su ombligo hasta llegar al pubis.

Deja de masturbarla con la mano y comienza a hacerlo con su lengua. Se concentra con toda pasión en el ya hinchado y sensible clítoris de Laura.

Yo continúo penetrándola con fuerza.

Laura toma del pelo a Sofía, aprieta su rostro contra su vulva y comienza a gemir, a suspirar, a resoplar.

"Así, así, así. No paren, no paren los dos se los ruego"

Sofía intensifica el ritmo de su fuerte y adiestrada lengua. Yo hago lo propio con mis embates de penetración.

Laura comienza respirar de manera brusca y entrecortada. De repente libera un fuerte y seco grito.

"Me estoy viniendo Rodrigo. Siento que me voy a MORIR... Hijuepita que rico"

Su cuerpo comienza a vibrar y se desencadena un ella un muy fuerte orgasmo. Su vientre palpita en múltiples y largos espasmos que se siguen uno tras otro.

"Que delicia" grita casi que sollozando. Y se lleva a la boca el puño de una de sus manos para morderlo.

Alcanzo a sentir varias y fuertes contracciones alrededor de mi miembro en lo más profundo de sus entrañas.

"No más, No más, por favor... está muy sensible" Le dice a Sofía apartándole el rostro de su entrepierna.

No logro controlarme más y me dejo ir. Eyaculo potentemente dentro de ella y siento como las convulsiones de mi descarga recorren todo mi cuerpo; es ahí cuando gruño de placer y muerdo con suavidad la parte superior de la espalda de Laura justo donde nace su cuello.

Siento el sabor salado de su sudor en toda mi boca mientras se nubla mi consciencia.

Sofía y Jazmín se comienzan a vestir.

Laura y yo permanecemos con nuestros sexos unidos, las mentes en blanco y los cuerpos desprovistos de toda energía.

"Rodrigo es uno de los orgasmos más fuertes que he tenido" me susurra exhausta Laura.

"Los dejamos solos" Me dice Jazmín.

"Ya hablamos con don Luis y nos dijo que el cuadraba luego contigo."

"Sí, no hay problema" le respondo sin haberme recuperado aún.

"Adiós linda" le dice Sofía a Laura.

La mira y le hace un gesto con la mano despidiéndose.

Cuando estamos solos se voltea y me besa.

"Rodri, nunca había hecho algo así en toda mi vida" me dice apenada y mirándome a los ojos.

"Siempre hay una primera vez chiquita. Además, no hay nada malo en lo que acabas de hacer" le susurro al oído y le doy un tierno y suave beso.

Se acomoda al lado mío en el sofá y permanecemos ahí unos minutos.

Le acaricio si tierno rostro y cabello negro mientras percibo que ella sostiene la mirada perdida en dirección a Shiva. Está respirando profundamente sobre mi pecho.

Compartimos así unos minutos muy íntimos, sin musitar palabra alguna; simplemente escuchando la música árabe que no ha dejado de sonar en toda la velada.

Afuera de la Mansión ya está amaneciendo.

****

Termino de escribir por hoy y pienso unos instantes dónde estará la Laura de mi historia.

Cómo estará haciéndole frente a su Cuarentena.

Recuerdo que la última vez que la vi me contó que se había casado y que tenía dos hijos...

Pero que aún recordaba aquella noche.

Rememoro mis palabras...

La vida es como una loca montaña rusa y las sorpresas siempre estarán a la orden del día.

CAPÍTULO VII

Día dieciséis de La Cuarentena.

Siento desasosiego...

Veo el futuro incierto, padezco un existencialismo de padre y señor mío y, para rematar; me invaden múltiples preocupaciones.

Comienzo a sentir que a pesar de que ya han corrido dieciséis días de la Cuarentena, tres de Toque de Queda en mi ciudad y un par más de aislamiento voluntario; la cosa allá afuera se está agravando en lugar de mejorar.

Obviamente soy consciente de que si no hubiesen tomado todas las medidas gubernamentales de cuarentena estaríamos mucho peor, muchísimo peor... ¡Del mal el menos!

Cae la tarde y voy ya por mi tercera taza de café: Negro, caliente y sin azúcar es mí mantra.

Bebo el primer sorbo y siento como si una placentera inyección de cafeína comenzara a invadir todo mi organismo. Contemplo unos instantes el redondo y humeante espejo negro que se forma en la taza que sostengo en mi mano y entonces, de la nada, se materializan recuerdos.

Es tal vez el noble aroma del café el que inmediatamente me transporta a los sucesos ocurridos hace un par de años.

"Sí, el origen de todo fue un simple café", me río y tomo otro gran sorbo.

*****

Todo comenzó una soleada tarde de lunes.

Puede llamarse adicción, pero sí; ese día tenía unas ganas locas de tomarme un expreso doble de café.

Me encontraba conduciendo después de haber realizado algunas de las vueltas de abastecimiento para la operación del club. Ya había terminado de hacer todo lo planeado e iba de regreso a casa. Pero al pasar por el barrio Granada en dirección al norte, decido hacer una breve parada, estacionar mi carro e ingresar a la tienda Juan Valdés.

Desciendo del carro, camino hacia la tienda y después de subir el pequeño tramo de escaleras que anteceden a su entrada veo con alegría que el mostrador está libre.

Me atiende sonriente un muchacho moreno uniformado con los colores corporativos de la marca.

"Por favor un expreso doble de café" le digo formalmente.

Me cobra su valor, se lo pago y me quedo ahí; apoyado en el mostrador esperando a que me preparen mí solicitud. Veo la hora en mi reloj: cinco menos cuarto.

Entonces observo que entran dos jóvenes riéndose: una grande de pelo negro y otra delgada con un cabello rubio corto, muy rizado y con un estilo desordenado que llama inmediatamente mi atención.

No puedo quitarle mi mirada de encima…

Recuerdo enseguida la imagen de Meg Ryan cuando era joven. ¡Hermosa!

La rubia tiene puestos un jean y un top blanco muy sexy que me permite ver sus delicados hombros y me concede suponer un pecho mediano bien formado debajo de la frasca tela.

Su amiga trae unos pantalones caqui y una camisa azul de corte serio. Se apoyan ambas sobre la repisa para poder leer el menú que está publicado arriba, en la parte superior del área donde los empleados toman los pedidos detrás del mostrador. Están las dos juntas al lado mío, calculo que a un metro de distancia.

No puedo dejar de ver con cierto disimulo el lindo y bien proporcionado trasero de la rubia. Es redondito y bien formado ¡Y se ve increíble en esos Jeans!

Vuelvo a observar la parte superior de su cuerpo. Blanca, cuello delgado y con un rostro de niña traviesa bonita. Nariz recta, labios carnosos y sin maquillaje.

De pronto se voltea y me mira. Ojos azules grandes y muy expresivos, cejas finas y dueña de una mirada inocente pero intimidante por la belleza y profundidad de sus ojos.

Decido sostener la mirada y sonreír.

Ella me corresponde con una sonrisa que deja entrever unos hermosos dientes. Me aguanta la mirada unos segundos y luego mira sus pies mientras los cambia de posición. Me doy cuenta entonces que calza unas sandalias de cuero muy monas. Y entonces… ¡Ella me vuelve a mirar furtivamente!

Estoy vestido con unos vaqueros, zapatos negros de cuero y una camiseta ceñida también de cloro negro que sé que me queda bien por mis rutinas de gimnasio. Pienso también que en buena hora esa mañana visite a mi peluquero para arreglarme el cabello. Y por fortuna, tengo la costumbre diaria de arreglar mi barba de quince días que suelo lucir desde un tiempo para acá.

Hago conciencia de que desde hace mucho he dejado de practicar el encantador arte de la conquista en frío; se podría decir que estoy un poco oxidado en lo que respecta a esta cautivante práctica. Sí, desde que tengo el club literalmente he dejado de ser "un cazador". Ahora soy más parecido a un tranquilo pescador… Me río por la metáfora que ha creado en mi mente.

Pero la singular rubia que tengo al frente amerita que vuelva a recordar el ejercicio de ese arte

¡Pero ya!

Debo rememorar todas mis aptitudes o la oportunidad que tengo ante mí se habrá perdido, y para siempre.

Respiro profundo… ¡Montar en bicicleta nunca se olvida Rodrigo! Me digo a mí mismo.

Ellas hacen su pedido y se ubican a mi lado mientras esperan. La rubia más cerca de donde me encuentro.

"Señor, su expreso" El moreno me saca de mis reflexiones.

Recibo el café de las manos del encargado y comienzo a simular que estoy buscando unos sobres de azúcar para dar tiempo que mi consciente e inconsciente se pongan de acuerdo en un plan conjunto a seguir.

Un segundo, dos segundos, tres segundos…

"Mira, estoy a dieta y necesito algo que no me la dañe. Tu sabes de pronto cuál de estos sea bueno." Abordo a la rubia mirándola a los ojos y lanzándole una sonrisa coqueta.

Me mira y me corresponde con sus hermosos labios.

"Lola, ¿vos sabes cuál es libre de azúcar?" Le pregunta a su compañera.

La amiga voltea a verme, me sonríe y busca entre los recipientes. Entonces me muestra un sobre de endulzante que dice Splenda.

"Gracias" le digo. "Eres muy amable, me has salvado" Tomo un par de sobres.

Ahora miro nuevamente a la rubia.

"Y habría sido terrible, me puede dar un patatús." le sonrío.

Se ríe. La amiga está más pendiente de su pedido que de nosotros dos.

"Y… ¿vienes muy a menudo por aquí?" Le pregunto.

“A veces. Trabajamos cerca. ¿Y tú?”

Excelente. ¡Hay interés de parte de ella!

“Si, vengo de vez en cuando. Lo hago cuando me antojo de tomarme un buen café” le contesto sonriendo y mirando con coquetería sus hermosos ojos azules.

“Pero en este momento estoy haciendo un poco de tiempo porque tengo un compromiso de trabajo. Y tengo el tiempo justo para tomarme este cafecito. Unos quince minutos.”

“Ya sale su pedido” Les dice el dependiente a las chicas.

“Sabes, me parece que te conozco de algún lugar” Le digo mientras meto disimuladamente en mi bolsillo los dos sobres de Splenda que sostenía en la mano.

“Helena.” La llama su amiga. “Ya está listo nuestro pedido.”

“¿Será?”, se ríe la rubia mientras recibe un capuchino y un plato con una suculenta torta de chocolate. Su amiga recibe una especie de malteada y otra torta que no logro identificar de qué es.

“Sí. Si te he visto. Lo sé.”

Miro mi reloj y les digo a ambas.

“Tengo que irme pronto y creo que no hay muchas mesas disponibles ¿Les molestaría compartir una mientras me tomo esto?” les enseño el diminuto vaso que contiene el expreso.

La amiga mira alrededor y descubre que hay dos o tres mesas vacías y se ríe.

“Sí, no hay problema” Me dice la rubia.

Salimos a la terraza de la tienda que da a la calle de enfrente. Ellas escogen una de las mesas que se encuentran vacías y nos sentamos los tres en ella. La mona a mi lado y Lola al frente mío. Me tomo un buen sorbo de mi café sin dejar de sonreirle a Helena.

"Y vos… ¿Cómo te llamas?" me pregunta Lola.

"Rodrigo" Me presento y le extiendo la mano. "Mucho gusto Lola…

"Es un placer." Me corresponde igual ella.

Luego miro a Helena y le ofrezco mi mano…

"Sé que te conozco. Entonces esta será nuestra segunda presentación" río.

Ella también sonríe. "Si tú lo dices… Helena. Mucho gusto Rodrigo."

Empezamos a conversar los tres sobre los postres que estaban comiendo, de la calidad del café de la tienda, sobre sus trabajos.

Después de quince minutos noto que ambas se sienten cómodas con mi presencia. La rubia mucho más.

Me entero de que ambas son arquitectas, solteras y que trabajan juntas en una constructora que tiene sus oficinas a un par de cuadras de ahí.

Cuando acabo mi expreso miro mi reloj.

"Qué lástima, pero debo irme ya" Les digo.

"Gracias por haberme permitido acompañarlas."

Me pongo de pie y miro coquetamente a Helena.

"Ya sé de donde te conozco. Te vas a reír mucho cuando te lo cuente." Le sonrío.

"¡Como así! Te vas y me vas a dejar con la duda. No, así no se puede." me dice riendo.

"Sería imperdonable de mi parte" le respondo.

"Y más aun sabiendo la gracia que te va a hacer cuando te des cuenta de donde nos conocimos. Ven, por qué no me das tu número de teléfono y te juro que te llamo; y te lo cuento. Sé que te vas a reír mucho."

Lola nos observa riendo.

"Vale, pero me lo cuentas porque si no, no podré dormir esta noche". Me dice apuntándome con el dedo.

Saco mi teléfono celular del bolsillo y comienzo a teclear mientras ella va dictando.

Marco el número e inmediatamente comienza a sonar el teléfono que trae en su jean. Lo saca y mira la pantalla.

"Ese soy yo Helena" Grábalo con mi nombre completo y se lo digo.

La miro a los ojos cuando termina.

"Me pongo en contacto contigo esta noche tipo ocho ¿Te parece?"

"Sí, no hay problema" me contesta.

"Señoritas, me despido. Adiós Lola. Adiós Helena. Les doy la mano a ambas"

Una vez fuera de la tienda, cuando estoy caminando sobre la acera en dirección a mi carro, volteo a mirarlas a la terraza y les digo adiós con la mano.

Ambas me responden de la misma manera.

Noto como Helena me mira acomodándose su hermoso cabello rizado. Siento que hay química entre los dos.

Me subo al carro y antes de encender el motor grabo el nombre del número que acabo de marcar:

"HELENA RICITOS" Y en un par de segundos puedo ver su WhatsApp y la foto que tienen de perfil.

La abro y la amplio con mis dedos…

¡Que sexy eres Helena!

Dejo mi teléfono en la silla de al lado y saco los dos sobres de Splenda de mi bolsillo para guardarlos en la guantera.

Enciendo el motor del vehículo y conduzco rumbo a casa satisfecho por el expreso que acabo de tomar, paro más aún por Helena.

*****

Esa noche comienzo a hacer mi rutina diaria de ejercicios. Decido no hacer pesas sino sólo cardio. Ajusto un plan de carrera intermitente en la máquina trotadora, me coloco los audífonos con la música programada de mi celular y comienzo a trotar.

El sudor no tarda en aparecer después de que llevo más de quince minutos corriendo. Ejecuto la rutina sin camisa por lo que siento como el sudor comienza a recorrer mi pecho y espalda.

Agarro el celular un momento para consultar la hora. Ocho y quince.

"Ahora que termine mi rutina y me dé un buen baño la llamo", pienso.

Tengo Helena en la cabeza. Me impactó mucho cuando la vi ingresar a la tienda de café aquella tarde. No suele sucederme esto. No….

Entonces recuerdo lo que le dije y me pongo a cavilar con que cuento le voy a salir ahora que hable con ella. Si de algo estoy seguro es de que jamás la había visto en toda mi vida. Sigo trotando y sudando. "Bueno, ya saldré con algo", río.

De pronto suena el WhatsApp de mi teléfono.

No le presto atención… Estoy concentrado corriendo.

Suena por segunda vez.

Sin parar mi carrara tomo el teléfono y miro quien está escribiendo.

HELENA RICITOS

"Hola"

"Me tienes intrigada." Carita pensante.

Miro la pantalla de la trotadora y confirmo que faltan diez minutos para completar toda la rutina. Decido entonces no contestar hasta que la haya terminado.

Con mis audífonos estoy escuchando Erasure en esos momentos… "Oh' l Amour"

Pasan los diez minutos y suena el pitido del aparato anunciado que el ciclo ha finalizado.

Desciendo de la trotadora y me seco el sudor con la toalla que horas antes había colgado sobre uno de sus barandales laterales.

Me quito los audífonos, tomo el celular y tecleo para responderle a Helena:

"Ya te escribo, estoy haciendo ejercicio."

"Ok" me contesta.

Vuelvo a mirar su foto de perfil mientras me dirijo al baño para ducharme.

Quince minutos después estoy fresco y en pijama. Me encaramo en mi hamaca y comienzo a escribir.

"Helena… Ya puedo hablar tranquilo."

"Hola. ¿Cómo te fue con tu ejercicio?"

"Bien… Sudé bastante"

"Cuando te escribí yo también acababa de llegar del gimnasio.
Ahora sí, dime por favor. No aguanto la curiosidad" emoji de carita de monito con pena.

Pienso unos instantes.

"¿Te puedo llamar?" le escribo.

"Si. Claro. Llámame" escribe ella.

Me quedo con el celular apoyado en mi mentón unos instantes.

Entonces le marco y oigo como suena el timbre un par de veces. Me contesta con una voz muy suave.

"Hola Rodrigo"

"Hola Helena."

"No te imaginas, he pensado todo el tiempo de donde nos conocemos. Si fue en la universidad o en alguna de las obras de construcción. No he podido saberlo."

"Te voy a confesar algo" le digo.

Se queda en silencio esperando.

"No nos conocíamos antes. Lo dije porque no podía por nada del mundo irme de la tienda esta tarde sin tu número de teléfono"

Se queda callada unos instantes.

"Te lo habría dado sin problema" Termina diciéndome.

"Es un riesgo que no iba a correr." Y añado, "Era la única forma de poder escuchar tu bonita voz de nuevo"

"Pues te digo que me tuviste echándole cabeza toda la noche."

"Sorry… No era mi intención"

"No importa. Ya nos conocemos" se ríe.

"Es verdad. Sabes…me encantaría volver a verte, pero sin tu amiga. A ti solita" me río.

"Puede ser… ¿Por qué no?"

"¿Vives por el norte?" Le pregunto.

"No. En el oeste, en un apartamento. De hecho, Lola no sólo trabaja conmigo… Vivimos juntas en un apartamento que pagamos entre las dos"

"Ah, son súper amigas"

"Sí. Nos graduamos juntas y nos contrataron a las dos en la misma empresa. Somos casi como hermanas." Se ríe.

"Sabes, Lola sí me dijo que lo "de que me conocías" era puro cuento para sacarme el teléfono."

"Muy intuitiva tu amiga" le digo.

"Sí, bastante. Pero le dije lo mismo que te acabo de decir; te lo habría dado sin ningún problema."

"Y ¿qué tal si soy un psicópata peligroso?" me río.

"No tienes cara de sicópata… Y al igual que Lola, ¡Yo también tengo intuición!"

"Me alegra"

"Ven," continua ella "Y no me has dicho en qué trabajas. ¿O te dedicas solo a conseguir teléfonos en la calle?" "A tu novia no le debe hacer ni cinco de gracia lo que haces" se ríe.

"No, como se te ocurre. No acostumbro a hacerlo. Este fue un caso muy especial"
Me callo un momento.

"Y no. No tengo novia" río.

"Jajaja, Bueno… Y ¿Dime por qué fue especial?"

"Porque cuando te vi me impactaste mucho… Tu cabello es idéntico al de Meg Ryan"

"¿Meg Ryan, ¿quién es ella?"

"Una actriz que fue muy bella en los años Ochenta y que protagonizó una película muy especial: "Cuando Harry conoció a Sally"

"No la conozco" me dice.

"Te la recomiendo… Es una película romántica que trata sobre la relación que existe entre hombres y mujeres. Desarrolla lo complejo que puede llegar a ser el vínculo de amistad y de amor entre los dos sexos"

"Suena muy interesante"

"Lo es"

"Oye, espera Rodrigo. No me has dicho a qué te dedicas"

"Administro un pequeño bar en el Peñón"

"Verdad, ¡Que chévere!"

"Si, es agradable."

"Debes conocer a mucha gente interesante en tu trabajo"

"No te lo puedes ni imaginar" Me río.

"Me tienes que invitar a conocerlo"

"Claro que sí. Lo haré."

Me quedo unos segundos callado.

"Y qué vas a hacer mañana?" Le pregunto.

"Trabajar" se ríe.

"Me refiero en la noche"

"Iré al gimnasio y nada más… ¿Por qué?"

"Me encantaría volver a verte… Te invito a tomar algo"

"Mmmm… Puede ser."

Se queda callada unos instantes

"Ok. Sí. Bueno, está bien. Pero algo que no sea muy tarde porque madrugo al día siguiente, ¿vale?"

"Te recojo a las nueve"

"No, mejor a las nueve y media para tener tiempo de arreglarme después de llegar del gimnasio"

"Vale Helena. Entonces mañana nos veremos y me contarás de tus diseños arquitectónicos. Tengo mucha curiosidad de saber más de ti."

"Ok Rodrigo. Entonces nos vemos mañana. Ven, espera… dime como apareces en Face."

"Con mi nombre tal cual."

"Te buscaré"

"Ok. Búscame. La foto del perfil es la misma que aparece en el perfil del WhatsApp."

“Ok. Si te llega la invitación, ya sabes quién es” se ríe.

“La aceptaré inmediatamente... Entonces te escribo mañana en el trascurso del día para que me mandes la ubicación de tu casa.”

“Vale. Fue un gusto conocerte hoy Rodrigo. Que pases buena noche.”

“Para mí lo fue más Helena... Hasta mañana.”

Cuelgo el teléfono y permanezco en la hamaca contemplando la foto de su perfil...

¡Vaya que es sexy!

Mi mente comienza entonces a imaginar lo que podría llegar a ser la noche de mañana...

No hay nada escrito.

CAPÍTULO VIII

Día veintidós de Cuarentena.

Después de pasar Semana Santa en obligatorio confinamiento y de haber transitado por las insondables simas —sí con "s" serpentina- del existencialismo, la desesperanza y la mortificación; he decidido retomar a la grata terapia de escribir.

Tal vez el hecho de haber visualizado hoy una esperanza reflejada en la importante reducción en el número de personas que a diario se contagian con el virus en todo el mundo haya avivado mi ilusión de futuro… Tal vez.

Para desentumecer mis dedos escribí primero mi columna de opinión; un editorial en el que trato temas humanos como divinos y que he elaborado semanal e ininterrumpidamente desde hace casi veinte años. El tema de mi columna de opinión en esta oportunidad tenía que ver por supuesto con lo que todos estamos padeciendo por estos días: la Pandemia.

Después de ver la nota publicada en uno de los diarios de mi ciudad natal decido entonces no continuar pensando en el turbador asunto y comenzar a recordar mejor en donde fue que dejé inconclusa mi anterior historia. Sí, la que inicié hace unos cuantos días.

Retomo el hilo…

*****

Me veo conduciendo y mirando la pantalla de mi teléfono celular. Examino con mucho cuidado, cada vez que tengo la oportunidad de hacerlo, como el punto azul que me representa en el GPS se mueve en la medida en que mi vehículo también lo hace. Me dirijo rumbo al oeste de la ciudad.

Helena esa mañana de martes me escribió y me envió junto con la dirección la localización del apartamento que comparte con su amiga Lola.

Recuerdo que las direcciones en el oeste de la ciudad siempre me han significado un verdadero dolor de cabeza; pero ahora con la ubicación y el uso del GPS la cosa es por fortuna muy diferente.

Había quedado con Helena en recogerla a las nueve y media y según mi reloj voy con diez minutos de adelanto.

Reviso poco a poco a través de la ventanilla del carro las placas que están remachadas en las esquinas de los cruces haciendo un gran esfuerzo por mi condición de miope. Entonces, me doy cuenta de que ya me encuentro en la dirección exacta que ella me envió.

Observo el inmueble; se trata de una moderna construcción que seguramente hace unos años fue una enorme y señorial casa como acostumbran serlo las viviendas de aquel sector de la ciudad.

El inmueble aparece hoy adecuado y convertido, me figuro, que en varios apartamentos funcionales que seguramente por estar ubicados en una subida de ladera gozarán de una hermosa vista sobre el río y parte de la ciudad.

Parqueo mi carro en la calle justo en medio de otros dos vehículos. Busco en la guantera mi colonia favorita y aplico un poco en el cuello, manos y mejillas. Desciendo del coche, lo aseguro y enseguida, de dos brincos, subo los peldaños que me separan de la gran puerta de madera que hace de entrada principal del inmueble.

No hay portero en el edificio, sólo un moderno sistema de intercomunicación externo y, por lo que veo, el inmenso portón funciona con una cerradura eléctrica.

Me saco el celular del bolsillo para poder confirmar el número del apartamento y pulsarlo en el tablero metálico.

"¿Quién es?" Pregunta una voz femenina.

"Rodrigo… Busco a Helena"

"Subí." Enseguida percibo una fuerte vibración eléctrica que abre suavemente la pesada puerta.

El apartamento de Helena queda en el segundo nivel. Subo las gradas y cuando llego a la segunda planta encuentro que debajo del número que busco la puerta ya está abierta.

"Rodrigo, entrá" Reconozco la voz femenina de hace un momento.

Asomo con timidez la cabeza e ingreso al apartamento.

Lo primero que veo en un pequeño salón y a mi derecha, en la cocina, descubro a Lola encaramada en una silla tratando de arreglar un desperfecto al parecer en una de las luces.

Se encuentra descalza, con un jean roto y una camiseta rosada que dice Barbie.

"Ya baja Helena. Esperala que se está terminando de alistar." Me dice ocupada y sin mirarme.

"Perdoná que no te salude, pero como verás estoy aquí medio enredada"

"Tranquila" le contesto.

Detallo por unos momentos el pequeño departamento.

Es acogedor... Está compuesto de un salón social mediano en el que hay una sala hecha con un pequeño sofá de cuero marrón y dos pufs color naranja. La cocina donde está Lola es estilo americano con un bonito mesón de barra que sirve también de comedor para la estancia. Al frente de ella hay tres butacas altas sin espaldar.

A mi izquierda veo un baño social y enseguida del mismo una escalera de madera que conduce a un segundo nivel.

Al fondo de la estancia social alcanzo a ver una puerta que está abierta y que con seguridad corresponde a una habitación.

En una de las paredes del salón veo algo que inmediatamente llama mi atención:

Tres largas lanzas, dos máscaras extrañas y un par de inmensas pieles. La una con seguridad es de tigre y la otra de cebra. Imagino que serán una especie de vestidos tribales africanos o algo por el estilo. Y, finalmente, en la pared más larga un gran ventanal que me confirma la sospecha de que la hermosa vista que tendrían aquellos apartamentos era cierta. Veo una parte de la ciudad afuera como titila y vive con total normalidad.

Entro a la cocina.

"Ven Lola, déjame te ayudo."

La extiendo mi mano para que baje con cuidado de una silla que es igual a las tres que vi detrás de la barra. Analizo el problema.

"Gracias Rodrigo" Me dice.

"Le tengo un susto tenaz a la corriente".

Confirmo que se trata de una simple desconexión. Me encaramo con cuidado en la butaca y, tras pedirle a Lola que ratifique que el interruptor se encuentra apagado, ajusto con cuidado el cable que estaba suelto.

"No sabía que también eras electricista" Ríe Helena sorprendiéndonos a los dos con su silenciosa presencia.

"Hola Helena." Me río. "Era algo muy sencillo. Seguramente se soltó uno de los cables" Les digo a las dos mientras descendiendo con cuidado de la alta butaca.

Me lavo las manos en el fregadero de platos y me quedo unos instantes contemplando a Helena... Está bellísima.

Viste en forma casual. Trae puesto un jean azul ligeramente ceñido y roto a la altura de ambas rodillas. Una camisa blanca de botones y manga larga; encima de ella un coqueto chalequito café que hace juego con el color de unos zapatos parecidos a unos tenis, pero sin cordones.

"Bonito chaleco" le digo mientras me aproximo a ella para darle un beso en la mejilla.

"Ahí lo tiene a la orden" Se ríe.

Su cabello rubio rizado está desordenado tal y como cuando la vi por primera vez en la tienda de café. Trae colgado al hombro un mediano bolso marrón con pequeñas figuritas geométricas estampadas sobre su superficie.

"Lola, no nos vamos a demorar" Le informa a su amiga y me mira: "¿Cierto Rodrigo?".

"Sí. Como hoy es martes todo lo cierran a media noche. Tenemos sólo un par de horitas" Les respondo sonriendo.

Nos despedimos de Lola y salimos del edificio.

"Bueno Rodrigo, ¿y a dónde vamos?" Me pregunta mientras la invito a subir a mi carro.

"Por aquí cerca queda un pequeño bar que conozco. En él ponen buena música y se puede conversar con tranquilidad. Sólo tenemos que atravesar el río." Le contesto sonriendo.

No nos demoramos en llegar al pub. Parqueo el vehículo sobre la avenida y cuando ingresamos al sitio, un hombre de mediana edad que iba de salida justamente en ese momento, se detiene y me saluda. Cruzo unas cuantas palabras cordiales con él.

Ya dentro del bar le confirmo a Helena que se trataba del dueño y que lo conocia desde hace muchos años cuando tenía una pizzería a la que iba mucho.

Helena mira todo con sumo interés.

"No conocía este lugar" dice detallando una vitrina repleta de collares de Mardi Gras.

Está sonando "Dont know why" de Norah Jones.

En las demás paredes se observan fotografías de Nueva Orleans e imágenes alusivas a la música jazz e instrumentos musicales.

"Es un bar de música blues y jazz… A veces ponen algo de pop" le explico.

Nos sentamos en una mesa pegada a una pared y que está un poco retirada de todas las demás del lugar.

Enseguida una bella y joven mesera nos atiende con una bonita sonrisa. Nos explica que cierran a la media noche y nos entrega una carta a cada uno. Vuelve a sonreír y se retira.

"Tú eres el que conoce Rodrigo… ¿Qué me recomiendas?" me dice Helena dejando la carta a un lado sobre la mesa.

"Algo con ginebra" respondo sonriendo.

"Ok, probemos" contesta mirándome con sus profundos ojos azules mientras pone sus codos sobre la mesa y junta sus manos entrelazando sus dedos para sostener su fina barbilla.

Llamo a la mesera con la mano.

"Por favor nos puede traer un Blue Moon para ella y un Martini para mí"

La chica asiente, toma las cartas y se retira.

"Sabes Rodrigo, anoche después de que conversamos por teléfono, me dejaste con la inquietud. Entonces busqué la película que me dijiste y me la vi con Lola." Me cuenta Helena.

"¿En serio? ¿Y cómo te pareció?"

"Chévere. Romántica. Aunque yo no me vería ennoviándome con uno de mis amigos" Se ríe.

La miro con coquetería.

"Los amigos son una cosa y los demás, son otra cosa" Le aclaro sonriendo. Ella me corresponde.

"No me había fijado que tienes una sonrisa de niña chiquita..." Le digo.

Me mira con atención.

"... Y unos ojos de mujer misteriosa" Concluyo picándole el ojo.

Se ríe nerviosa...

"¿Te cuento otra cosa?" Me toca rápido mi mano con un dedo.

"Estalkee tu face esta mañana en la oficina. Y ya sé de qué es tu bar" Se ríe con complicidad apuntándome con el dedo índice, el mismo con el que acaba de tocarme.

"Unas amigas del gimnasio ya fueron y me contaron que era super chévere".

Me quedo callado mirándola y le lanzo una mirada pícara.

"Bueno, ahora te puedo invitar con más tranquilidad" le digo sonriente.

Al fondo suena "Cold Cold Feeling" de Albert Collins.

Hablamos unos minutos sobre el bar en el que nos encontramos, su decoración y especialmente sobre un afiche del festival de Mardi Grass que decora la pared justo sobre nuestras cabezas.

Comienzo a sentir que hay bastante química entre los dos.

De pronto la mesera aparece, deposita el par de cocteles sobre nuestra mesa y se va.

Helena alza su copa y se queda contemplando por unos segundos el azul penetrante del licor y la cascarilla de limón en forma de pequeño embudo que reposa en el fondo de la copa.

Sujeto mi Martini, la miro y le digo:

"Un brindis por tu papá el boxeador"

Suelta una carcajada y me abre sus ojos azules.

"Mi papá no es boxeador" Niega con su cabeza sin dejar de reír.

"Yo sí creo porque has sido un golpe de suerte"

Le sonrío coquetamente y choco con suavidad mi copa con la de ella sin quitar mis ojos de los suyos.

Me mira por unos instantes, se sonroja; retira la mirada y bebe un sorbo de su cóctel. Luego me mira y me sonríe.

"Está rico. Nunca lo había probado"

Veo como relame con femenina sutileza sus hermosos labios.

"Me encanta la atmosfera que crea la música blues… Siempre he imaginado que New Orleans es una ciudad misteriosa llena de magia y vudú." Le confieso cuando comienzo a escuchar Mean Blues de Floyd Lee Band.

"¿Crees en eso?" Me lanza una mirada pícara.

"Creo que la atracción entre dos personas es sencillamente magia en acción" Respondo mientras como una de las dos aceitunas que había en el Martini.

Me mira con interés. Yo le sostengo la mirada unos segundos. Entonces aparta la suya para mirar su copa que está sobre la mesa mientras comienza a arreglarse el cabello y acomodar el cuello de su camisa blanca. Contemplo unos segundos su delicado cuello. Ella me vuelve a mirar y me sonríe.

"Si tú lo dices" Y bebe un poco más de su cóctel mirándome con sagacidad.

"Ahora quiero Helena…" le digo mientras dejo mi copa en la mesa y la miro con una astuta sonrisa.

"Que me digas fuera de lo bonita que eres, qué otras cualidades tienes para ser una mujer atractiva a los ojos de un hombre"

Me observa abriendo sus ojos azules con un poco de sorpresa por la pregunta. Calla por unos segundos y sonríe…

"Bueno…" se toma el último contenido que hay en la copa de su coctel. Yo hago lo mismo con el mío.

"Que te puedo decir Rodrigo… Soy arquitecta, me gusta mucho leer, cocino muy rico, "

Helena comienza a hablar mientras mis ojos se gratificaban observando el suave movimiento de sus femeninos labios. Disfruto con el encantador tono de su voz.

Estoy literalmente encantado escuchándola hacer una descripción de cualidades, que según su criterio muy personal, enriquecen mucho más su indiscutible atractivo físico. Incluso percibo que ha sido agradable para ella hacer un recuento de esas cualidades.

Mientras ella habla y habla no quito en ningún momento mis ojos de su angelical rostro.

De pronto le hago un suave gesto con mi mano para que no continué hablando y la miro coquetamente.

"Disculpa. Estaba entretenido ¿podrías repetir lo último que dijiste?" Le digo sonriendo y ahora miro con consciente atrevimiento sus labios.

Me mira con la boca entreabierta por unos segundos, sonríe sensualmente y también mira mis labios.

"Te estaba diciendo que hice teatro en la Universidad y que..."

En ese momento decido acercar mi rostro al de ella. Aproximo mis labios a los suyos y los toco con suavidad. Me alejo unos segundos y veo que ha cerrado los ojos.

Ha dejado de hablar. Vuelvo a hacer contacto con mis labios y siento como abre un poco su linda boca mientras comienzo a rozar suavemente sus labios. Comienzo a morderlos delicadamente...Primero su labio inferior, luego su labio superior. Entonces los empiezo a acariciar gentilmente con la punta de mi lengua, a dibujarlos. La despliego con una sutileza casi que al ritmo del suave blues que está sonando en ese momento. Advierto entonces como la punta de su tímida lengua comienza a palpar la mía. A partir de ese momento nuestras dos lenguas comienzan a tocarse, a juguetear, a acariciarse de manera placida y tranquila. Entre tanto nos envuelve el sonido de un fino piano.

Mientras la estoy besando mis dedos se enredan en sus desordenados y rubios rizos.

También acarician de manera suave la piel en su delgado cuello.

El beso se va haciendo más intenso en la medida en que los segundos trascurren. Nos separamos sonriendo el uno al otro y sin dejar de mirarnos.

"Ya lo sé…La cualidad que supera tu belleza es la forma en que besas" le digo sonriendo.

"Helena… tus labios me han conquistado" le confieso. Y me acerco nuevamente.

Nos besamos y besamos al ritmo del exquisito blues. He confirmado que sí había química y ¡Que química Dios Mío!

Entonces se separa un momento.

"Rodri… ese cóctel que me pediste estaba como fuerte." Me dice sonriendo y me mira con un travieso brillo en la mirada.

La mesera aparece aprovechando tal vez el momento en que ya no nos besamos.

"¿Les traigo otros dos cocteles?" Dice sonriéndonos con un poco de pena.

"Sí, por favor" le digo.

Helena me mira juguetonamente y se muerde el labio inferior.

"Ok. Mientras nos los traen yo voy al baño" Veo como se pone de pie, toma su bolso y le pregunta a la mesera donde está ubicado.

Observo extasiado como mueve su delicada cadera al caminar… Me gusta mucho.

Cuando desaparece de mi vista alzo la mirada y me encuentro nuevamente con el afiche de Mardi Grass.

Me quedo contemplando por unos instantes a la hermosa mujer que aparece en el póster y que oculta su rostro detrás de un antifaz negro mientras sostiene en la mano una copa de vino. A su alrededor hay una explosión mágica de plumas de muchos colores y en la parte superior del cuadro se puede leer el texto MARDI GRAS y debajo "New Orleans".

Me imagino entonces que estoy en esa ciudad, sintiendo en mi rostro la brisa del río Misisipi, viviendo el festival y repartiendo collares a diestra y siniestra… Me río.

Llega Helena y me saca de mi ensoñación. Detrás de ella viene la mesera con nuestros dos cocteles.

La comodidad que sentimos el uno con el otro es deliciosa… Alzamos las copas para brindar nuevamente.

"¿Y ahora el brindis es por…?" Me pregunta juguetona.

La miro y pienso por unos segundos.

"OK.. . Que sea por si vamos a caer en la tentación… ¡Que sea por accidente!"

Me mira sonriendo y chocamos suavemente nuestras copas.

Tomo con delicadeza su mano y me acerco a ella nuevamente.

"¿En dónde nos habíamos quedado?" le susurro. "Ha sí, en esto" y comienzo a besarla de nuevo.

Siento que la noche se va volando mientras experimentamos ambos gran interés y complicidad. Los besos fueron la constante durante toda la velada. Nos conectaron.

Entonces en un momento de sosiego me quedo mirándola mientras toma su coctel…

Helena es muy, pero muy sexy.

"¿Me dijiste que habías hecho teatro? ¿Cierto?" le pregunto tomando mi Martini y sin dejar de acariciar en ningún momento su mano.

"Sí, cuando estaba en la U" me confirma. "Era una especie de materia electiva"

"Bueno, ¿recuerdas la escena de la película en la que Mary le dice a Harry que los hombres no pueden reconocer cuando una mujer está fingiendo un orgasmo? ¿Y cómo él se niega entonces ella decide hace la pantomima de que está teniendo uno justo en medio de la cafetería en la que están los dos en ese momento?"

"Sí, me pareció muy chistosa esa escena. Nos reímos mucho Lola y yo viéndola" Me contesta sonriendo.

"Bueno… ¿Qué tan buena actriz eres?" La miro con picardía.

Me abre sus ojos azules de par en par.

"No creerás que voy a hacer eso aquí" Me dice con sorpresa.

¿Por qué no?" le sonrío…

"Te debes ver fabulosa haciendo esa imitación. A demás me dijiste que sabías algo de teatro."

Se ríe mientras se lleva la uña de su pulgar a la boca y mira a su alrededor. Se percata que somos los únicos en el lugar. A lo lejos se alcanza a ver la mesera recostada sobre la barra del bar entretenida con su celular.

Helena se muerde el labio inferior, me lanza una mirada cómplice y se toma el último sorbo de su segundo coctel.

"¿Por qué no?" me contesta con una mirada provocativa.

Sujeto la copa de mi Martini y me recuesto hacia atrás apoyándome en el espaldar de mi silla.

Quiero tener toda la perspectiva para poder disfrutar de lo que se viene.

Helena cierra los ojos unos momentos. Inclina hacia atrás su cabeza y con sus manos sacude y desordena aún más su rizado cabello rubio.

Pone sus dos manos sobre la mesa abiertas y con las palmas hacia abajo. Me mira fijamente y comienza a respirar profundamente por su nariz sin apartar sus ojos de los míos. Luego, entre abre su boca y comienza a respirar por ella de manera más entrecortada. Entonces la veo cerrar sus ojos y echar para atrás su cabeza mientras respira por la boca con mayor ímpetu.

Comienza a suspirar suavemente empuñando sus dos manos sobre la mesa.

"Así, así, Rodrigo… Así. Sigue. Ahí, ahí es donde me gusta."

Me bebo todo el Martini que queda en mi copa de un solo trago.

Helena comienza a gemir y a respirar con más ahínco.

"Dale bebé. Dale…así. Rico. Haaaaaaa."

Y inicia una serie de sollozos sucesivos que se hacen cada vez más fuertes.

Entonces se agarra el rostro con una de sus manos mientras mantiene su boca abierta. La veo introducir la última falange de su dedo meñique en su boca y deslizar su otra mano hasta el borde de la mesa para llevarla debajo, fuera de mi vista.

Abre sus ojos, me mira con claro deseo y baja la mano que tenía en su rostro para unirla con la que está fuera de mi vista.

Mi imaginación está con sus dos manos.

Me sostiene la mirada y comienza a respirar fuerte y profundamente. Sus ojos están clavados en los míos. Ahora el intimidado soy yo y comienzo a sentir que el pulso se me está acelerando… Estoy boquiabierto.

"Bueno. ¿Qué tal?" Dice ella componiéndose en un segundo.

Nuevamente vuelve a poner sus manos sobre la mesa y me lanza una sonrisa juguetona. Y rápidamente roba el palillo con las dos aceitunas de mi Martini.

Me mira coqueta mientras acaricia las dos aceitunas con su lengua para terminar introduciéndolas en su boca de manera muy sensual.

"Te mereces un Óscar" le digo sintiendo que aún tengo mis palpitaciones aceleradas. No puedo aguantar mi deseo por lo que me acerco a ella y la beso con pasión.

"Perdón, que pena que los interrumpa, pero ya vamos a cerrar" Aparece la mesera con la cuenta en la mano.

"Mil disculpas" añade apenada.

Procedo a pagar para poder abandonar el bar. Nos vamos riendo y cogidos de la mano.

Cuando estamos en el carro no dejamos de reír un solo instante. Y cuando llegamos a su casa, después estacionar con cuidado mi carro frente al inmenso portón, la atraigo nuevamente hacia mí cuerpo.

Comienzo a besarla otra vez mientras los dedos de mi mano derecha juegan y se enredan en sus rizos. Me aparto de sus labios y comienzo a besarla con suavidad en la oreja. Recorro con sutileza todos los pliegues y dejo que mi respiración fluya suavemente sobre su sensible piel.

Con mi otra mano comienzo a acariciar su brazo y noto enseguida como tiene la piel erizada debido a mis besos en el oído. La oigo como empieza a suspirar de manera profunda… Su respiración se va haciendo cada vez más y más intensa en la medida en que continúo besándola con mucho más apetito.

Dejo de besarla en la oreja y me concentro ahora en su cuello sin soltar en ningún momento sus cabellos. Le beso con pasión en la parte lateral de la garganta, justo debajo del oído. Luego en su también erizada y delgada nuca. Mi otra mano comienza acariciar su plano vientre por debajo de la camisa y el chaleco. Toco su coqueto y tierno ombligo para luego subir mi mano hasta sentir el fino sostén.

Continúo besándola en el cuello, pero ahora por la parte delantera de su cuello. Ella comienza a acariciar mi espalda e introduce su mano debajo mi camisa para sentir mi piel. Decido no parar e intensifico mis besos y caricias. Ahora desciendo lentamente mi mano hasta llegar a su entrepierna. Separo un poco sus piernas, me detengo unos segundos en su centro de placer y ejerzo una firme presión a través de la gruesa tela del jean. Ella deja escapar un suave gemido en ese preciso instante. Me toma la cabeza con sus dos manos y comienza a besarme la boca con arrebato. Noto que decide deslizar su mano hasta mi entrepierna y comienza a estrujar con fuerza y por encima de la tela del pantalón mi evidente erección.

Sigo besándola. Ahora con un poco de esfuerzo meto mi mano por el interior de su jean y percibo la delicada tela de sus bragas.

Separo el borde de la costura de la tela de la superficie de su piel y me abro paso a través de su bajo vientre. Recorro su terso y suave monte de venus y finalmente cuelo mis dedos entre los pliegues empapados de su vulva.

Cuando siento que he colonizado esa caliente y húmeda región, mis dedos se concentran en tocar, acariciar y palpar cada recodo de aquellos delgados y finos pliegues.

Mis labios continúan besando su boca y nuestras lenguas siguen entregadas a un infinito juego de placer. Ella está ahora mucho más agitada. Siento que su mano comienza a desabrochar con furia mi cinturón, abre el primer botón de mi pantalón y baja la cremallera.

Entonces con frenesí la introduce dentro de mi bóxer y sujeta con firmeza mi enardecida masculinidad.

Me separo de su rostro respirando muy agitado. La miro a sus ojos azules.

"Vamos a un lugar donde podamos estar cómodos" Le susurro.

Me sostiene la mirada con infinito deseo y no quita su mano de mí hombría. Al contrario, comienzo a sentir que se aferra a ella con más vehemencia.

"Mejor entremos" me dice al oído.

CAPÍTULO IX

Día veinticinco de la Cuarentena.

Los últimos días he estado nuevamente con el ánimo por el suelo.

Hoy particularmente amanezco con rabia, maldiciendo a los desgraciados del laboratorio chino por haber jodido al planeta entero. Sí, seguramente por mi apellido deducirán que tengo ancestros orientales; pero eso no es excusa para no reconocer y concluir que fue en China donde se arruinó todo.

Siento impotencia y gran frustración. Y en medio de este obligatorio aislamiento veo como la economía se está yendo al garete.

Me siento con el pasar de los días como si estuviera sumergido en una bañera llena de agua caliente y con las venas de mis dos muñecas cortadas; desangrándome de manera lenta, ininterrumpida y sin hacer absolutamente nada de nada. Sólo aguardando "El Gran Final" o la aparición de la milagrosa vacuna.

Decido por unos momentos olvidarme de esta pesadilla apocalíptica... Ser resiliente si es que se puede aplicar el término.

Reconozco que el aislamiento me ha obligado a mirar hacia mis adentros. Sí, a mis ángeles y demonios como buen géminis.

Vuelvo a los recuerdos y vivencias como si se convirtieran en una portentosa válvula de escape que me impide perder la cordura.

Instantes de vida y extrema locura que en lo más profundo de mi ser anhelo algún día volver a repetir.

¿Dónde quedé en mi pasada historia? Ah sí, ya recuerdo. Las imágenes vuelven a materializarse en mi mente...

Es de noche y estoy con Helena en mi carro.

****

Me separo de su rostro respirando muy agitado. La miro a sus ojos azules.

"Vámonos a un lugar donde podamos estar más cómodos" Le susurro.

Me sostiene la mirada con deseo y no quita su mano de mí hombría. Al contrario, comienzo a sentir que se aferra a ella con más vehemencia.

"Mejor entremos" me dice al oído.

Asiento con mi cabeza y la vuelvo a besar.

Comenzamos ambos a componer nuestras prendas. Ella se ajusta el jean, arregla su camisa y chaleco; y sale del automóvil con su bolso colgado al hombro.

Me subo la cremallera, abotono el pantalón y abrocho mi cinturón. Mientras observo a Helena dar la vuelta al carro busco a tientas en la guantera el paquete de preservativos que siempre cargo por si se ha de necesitar. Me lo meto rápidamente en el bolsillo de la camisa y desciendo del vehículo.

Helena ya se encuentra en la puerta principal. La veo como registra su bolso y saca una tarjeta blanca para acomodarla en forma vertical sobre el intercomunicador. Entonces oigo el zumbido eléctrico que abre la puerta.

"Ven, no hagas mucha bulla." Me dice riendo.

Subo los escalones y la sujeto por la cintura. Nos damos un corto beso, nos reímos y entramos al edificio.

Comenzamos a subir al segundo piso y la veo a ella nuevamente buscar en su bolso. Saca un llavero redondo que tiene la imagen del emoji de la carita feliz amarilla, la que manda un beso con un corazón. Me da risa. Nunca lo había visto antes.

Con cuidado mete una de las llaves en la cerradura que se encuentra a la altura de su pecho; y luego repite la acción con el cerrojo que se encuentra a pocos centímetros más abajo.

Cuando abre la puerta, se voltea y poniéndose un dedo en los labios me hace un gesto para que no vaya a hacer ruido.

Entramos y cierra la puerta con sigilo. Me agarra la mano y comenzamos subir las escaleras de madera que se encuentran a la derecha después del baño. Ambos nos vamos encogiendo de hombros y mirándonos hacer muecas graciosas cuando con cada paso que damos se produce un leve chirrido.

Cuando llego al segundo nivel del apartamento veo que se trata de una sola estancia con un pasaje a mi izquierda en el que hay un closet y un baño. No veo puertas.

Al fondo de la habitación una gran ventana con sus cortinas recogidas que permite una vista igual o mejor que la que pude observar en el primer nivel del pequeño departamento.

Debajo de la ventana hay un pequeño escritorio con su silla; y sobre él veo un computador portátil abierto y varias carpetas. Al lado del escritorio una mesa arquitectónica para hacer planos y una butaca alta sin respaldar. Ambas de madera y color amarillo.

Se ve sobre la mesa un plano desplegado, varias escuadras plásticas y un recipiente que contiene lápices. A sus pies, un cesto metálico con otros planos enrollados.

Al frente de donde estamos hay una cama de tamaño sencillo cubierta con un tendido de color naranja y varios cojines de otros tonos. Y justo en medio de los cojines un oso de peluche mediano. Se trata de un panda.

Al lado de la cama hay una mesita de noche con una lámpara pequeña de lectura con brazo retráctil, un libro y un portarretrato plateado que contiene una fotografía.

Sobre el espaldar de la cama, en la pared, un gran afiche enmarcado con vidrio. Es una especie de foto en blanco y negro en la que se ve a una chica joven sentada sobre un piso de madera al frente de un inmenso mirador de vidrio. Está vestida solamente con un suéter largo por lo que se le ven unas hermosas piernas y los pies desnudos. Tiene una copa de vino a su lado y al fondo se ve la imponente torre Eiffel.

"No hagas mucha bulla que Lola está durmiendo" Me dice Helena abrazándome y buscando mis labios para darme un beso rápido.

Mis manos se posan en sus nalgas y las aprietan con gusto. Al estrecharlas las siento duras y confirmo que además de ser arquitecta Helena es una chica juiciosa de gimnasio. Ella acaricia mi cabeza con sus manos mientras me besa.

Se separa un momento.

"Rodrigo, voy al baño. Si quieres puedes poner algo de musiquita, pero suavecito. Usa mi computador... No me demoro" Me susurra y me estampa un segundo beso.

Cuando Helena desaparece, camino hacia la ventana y alcanzo a ver abajo mi carro estacionado. Es una noche despejada, iluminada y tranquila; miro la hora en mi reloj de pulsera: 12:40 am.

Me toco el bolsillo del pantalón y me doy cuenta de que no cargo mi teléfono celular; con seguridad se me quedó en la guantera del carro, pienso.

Observo unos segundos el plano que está sobre la mesa. Presumo que se trata de un apartamento o de una casa. Lo detallo y alcanzo a leer el nombre de Helena en el recuadro que aparece en la esquina inferior derecha.

Miro el escritorio. El portátil está encendido, pero en modo suspendido. Oprimo la tecla espaciadora y la pantalla inmediatamente se ilumina mostrándome el escritorio del computador. Me siento en la silla y confirmo que tiene la red de datos activa. Abro Youtube y la plataforma me enseña varias opciones de videos que con seguridad le han interesado a ella. Me sonrío al ver que varios son de salsa romántica. Coloco a sonar una playlist de ese género a muy bajo volumen y reduzco la intensidad del brillo de la pantalla para no arruinar la suave luz que envuelve toda la habitación.

Comienza entonces a sonar "El Tun Tun de tu Corazón" de la orquesta La Palabra.

Me pongo de pie. Saco del bolsillo de mi camisa el estuche de los preservativos y lo coloco sobre la mesa de noche junto con mi reloj de pulsera. Mientras desabotono mi camisa observo el portarretrato.

Es Helena con otra chica muy parecida a ella en un inmenso jardín.

Pongo mi camisa sobre el espaldar de la silla del escritorio. Me descalzo, me saco las medias y me quito el pantalón. Acomodo todo también sobre la silla. Quedo vestido con un bóxer negro ajustado. Entonces hago a un lado los cojines con el oso y acomodo la almohada para recostar mi espalda sobre ella en el espaldar de la cama. Guardo silencio mientras escucho la letra de la canción:

"Esa cintura cuando se menea
Y yo estoy dentro de ti
Me hace enloquecer
Háblame en el oído
Dime cosas lindas
Dime papi sí
Aráñame toda la espalda
Cláveme las uñas
Con toda la pasión"

También alcanzo a oír como corre el agua de la ducha en el baño.

Miro unos instantes el libro que hay sobre el nochero. Lo tomo. "El Alquimista" de Pablo Coello. Me sonrío al recordar que también lo leí hace mucho tiempo por recomendación de una amiga. Ojeo sus páginas y alcanzo a ver que en la anteportada hay una dedicatoria escrita a mano:

"Lana… ¡Siempre te amaré! Carlos."

Alzo mis cejas y dejo el libro donde estaba.

El sonido de la ducha cesa. Cruzo mis piernas sobre la cama, entrelazo los dedos de mis manos para colocarlas detrás de mi cabeza y cierro los ojos. La canción continua:

"Yo siento el tun tun tun de tu corazón
Yo siento el tun tun tun de tu corazón
Cuando me aprietas en tus senos
Yo siento el tun tun de tu corazón"

"Rodri, ya salgo… ¿Sabes? Me encanta esa música." Me dice Helena asomándose.

Con el cabello mojado se ve preciosa.

"Leí en tu mente que te gustaba la salsa." Le contesto sonriendo.

Me mira con picardía.

"Helena, te iba preguntar algo"

"Dime" Contesta volviendo a su closet.

"¿Esas cosas africanas de abajo qué son?"

Alcanzó a oír cómo se ríe.

"Fue una herencia de un tío loco… Nadie en la familia quería esas cosas entonces, pues me las quedé."

"¿Y te las has puesto?"

Se ríe y se asoma nuevamente. Noto que se está aplicando una crema o algo por el estilo.

"Jamás en mi vida se me ha ocurrido" Me mira sonriendo.

"Me encantaría verte con una de esas pieles y completamente desnuda debajo" Le digo mirándola travieso.

Se carcajea.

"¿No te bastó con lo que hice en el bar esta noche? El señor está como muy pedidorcito" Me mira lanzándome una mirada juguetona.

"Ya te ganaste un Óscar. Pero el premio mayor…" Y me llevo ambas manos a mi pecho, "Aún no te lo has ganado" Le digo sonriendo.

Se ríe y me mira meneando la cabeza.

"Vamos, para qué crees que fueron hechos esos trajes sino para ponérselos en una noche de seducción y pasión" Le digo mientras le guiño un ojo.

"Además te imagino vestida con uno de ellos y te juro que se me acelera el corazón"

Todavía asomada mira unos segundos al suelo sonriendo.

"Ok." Termina diciéndome sin dejar de reír. Me mira mientras apunta con su dedo índice hacia arriba:

"Pero entonces cuenta hasta cincuenta con los ojos cerrados. Yo te digo cuando comienzas."

Asiento feliz.

Comienza a sonar en el computador "Lobo domesticado" de Tommy Olivencia

"Ok. Cierra los ojos y comienza a contar… Pero bien lento Rodri."

"Helena" la llamo.

Se asoma de nuevo.

"Sin la máscara y sin la lanza." le digo.

Me río, le mando un beso y cierro mis ojos…

Y comienzo a contar mentalmente.

Uno, dos, tres, …

Escucho el crujir de la madera. La imagino desnuda bajando las escaleras con cuidado para no hacer ruido. Y también por primera vez en mi vida oigo con atención la letra de la melodía que está sonando.

"Te han dicho de mí
Que soy como el río
Que llega que besa
Que besa y se va
Te han dicho que soy
Frívolo y vacío
Que soy como el lobo
Que caza y se va"

Diecisiete, dieciocho, diecinueve, … Sigo contando.

Mis pensamientos comienzan a revolotear en mi cabeza… ¿Qué piel elegirá Helena?, ¿Tigre o cebra? ¿Será una tierna presa o por el contrario esta noche seré yo la presa y ella una hermosa y hambrienta fiera dispuesta a devorarme sin piedad? Me deleito con las dos posibilidades porque ambas me agradan.

Cuarenta, cuarenta y uno, cuarenta y dos, …

Escucho nuevamente el crujir de los peldaños.

"Rodri. Ojos cerrados no hagas trampa"

"Los he tenido cerrados desde que empecé a contar" Le contesto riendo.

Percibo que entra al baño. Yo sigo contando.

Cincuenta y nueve y… ¡Sesenta!

"Terminé Helena" Le digo.

"Yo te digo cuando los puedes abrir. Ya salgo."

Respiro profundamente… Me siento ansioso como cuando niño esperaba encontrar un regalo a mis pies en la orilla de la cama después de la Noche de Navidad.

"Ya"

Abro mis ojos.

La descubro de pie frente mío… ¡Hermosa!

Su cabello rubio rizado y desordenado alrededor de su rostro. Sus mejillas ruborizadas mientras me mira tímidamente con sus grandes y profundos ojos azules.

Es la piel de cebra y no la de tigre la que envuelve casi que por completo su cuerpo. La sostiene por debajo de sus axilas, le cubre su pecho y le llega hasta la mitad de sus muslos torneados y blancos. Veo que ha tenido el cuidado de ajustarse en la cintura un delgado cinturón para moldear la piel a su talle. Esta descalza, empinada y sus manos sujetan el cuero a la altura de su pecho para que no se caiga.

"Bueno. ¿Qué tal?" Me pregunta.

Le hago con mi mano y dedos una señal para que gire sobre sí misma.

Se ríe y da una vuelta lentamente.

Sus hombros desnudos son finos y delicados. El rubio de su cabello contrasta con los tonos blancos y negros de la piel.

Me deslizo suavemente hasta el borde de la cama y me siento frente a ella.

Me mira.

"¿Y bien?" Sonríe.

"Te has ganado todos los premios habidos y por haber" Le digo mientras desabrocho el delgado cinturón que tiene en la cintura.

Entonces busco sus manos obligándola a soltar la piel. El cuero de cebra, que hasta ese momento cubría su cuerpo, se desliza y cae agradablemente para amontonarse a nuestros pies.

La veo ahora completamente desnuda. Tiene un hermoso cuerpo muy bien proporcionado. Su respiración se hace mucho más intensa y noto como se marcan sus costillas en sus costados.

Permanezco sentado, abro mis piernas, la acerco a mí y clavo mi nariz en la parte superior de su abdomen.

"Que bien hueles." Le digo.

Percibo un aroma de crema y perfume; pero también experimento una sutil y exquisita fragancia de mujer… Es un aroma exclusivo de su cuerpo desnudo.

Mis manos sueltan las suyas y comienzan a acariciar sus redondeadas y bien formadas nalgas. Las estrujo con suavidad y apetito. Percibo la tersura de la piel que las cubren. Las abro, las aprieto, las masajeo mientras beso con ternura la parte superior de su vientre. Helena comienza a acariciar mis cabellos con sus manos y a respirar profundamente.

Comienza a sonar "Mujer Divina" de Joe Cuba Sextet.

Me pongo de pie. La miro a los ojos, le tomo la mano derecha, la acerco a mi cuerpo y comienzo a moverme suavemente… Comienzo a bailar.

Ella me sigue… Bailamos muy unidos, suavemente al ritmo de la romántica salsa y al amparo de la tenue luz del computador y de la noche que llena toda la habitación.

"La primera noche que te vi
yo sabía que eras para mi
jamás otros besos te pedí
porque siempre estás en mí."

"Rodri, nunca había bailado desnuda" Me susurra.

"Y nunca te habías vestido de africana" le musito suavemente en el oído.

"Esta noche me has hecho hacer cosas raras" Mi mira a los ojos y a la boca.

Acerco mis labios a los suyos y comienzo a besarla delicadamente mientras nuestros cuerpos se siguen meneando. Nuestros pies se mueven entre la piel de cebra que se encuentra amontonada a nuestro alrededor.

"Mujer divina
como fascinas
y me dominas
el corazón" dice la canción.

Nuestras lenguas comienzan a juguetear, a tocarse, a palparse. Le suelto la mano para regresar a sus desnudas nalgas. Con mi otra mano le acaricio sus cabellos rizados, los peino con mis dedos. Comienzo a besarla en el oído con suma delicadeza, respiro pausadamente sobre sus pliegues. La música continúa:

"Mulata
mi prieta
mi cielo
te quiero
te adoro
divina mujer."

La escucho respirar agitadamente. Sigo besándola con pasión ahora por el cuello y bajo mis labios a sus firmes pechos. Me quedo contemplándolos unos segundos. Bien formados ni muy grandes ni muy pequeños. Las aureolas rosadas y los pezones turgentes. Beso uno, lo succiono con suavidad, lo acaricio con mi lengua. Mi mano baja acariciando en su recorrido el ombligo, su vientre, el pubis y se detiene en los suaves pliegues de su vulva. Su entrepierna me recibe caliente y húmeda.

Suena ahora "Sin poderte hablar" de Willie Colòn.

"Sé que no debo decir
Lo que dicta mi emoción
Siento que gustas de mi
Y no sé por cual razón"

Mis dedos comienzan a acariciar con gentileza, y haciendo cortos círculos, los finos y mojados labios de su vagina. Mi boca se concentra ahora en el otro seno; lo succiono con la misma delicadeza con que lo hice en el primero. Noto como también este pezón está duro dentro de mí paladar; está turgente, como si fuera una piedra preciosa.

Helena cierra sus ojos, respira entrecortada, suspira y mete sus dos manos por el interior de mi ajustado bóxer para tocar mis nalgas. Y entonces intenta bajarlo.

La ayudo a quitármelo. Ella percibe como mi fuerte erección se presiona contra su cuerpo. Mira mi masculinidad y la toma con una de sus manos para comenzar a masturbarme con energía. Mis dedos no han dejado de tocar y frotar su mojado y cálido centro de placer.

La siento muy excitada… Me mira y me vuelve a besar con frenesí sin soltar mi pene un solo instante.

"Rodri, ¿Tienes protección?" Me pregunta susurrando y sin dejar de besarme.

"Sí" Le respondo asintiendo con mi cabeza.

Me siento en la cama y mientras me deslizo hacia la parte superior donde está el respaldar la halo gentilmente de la mano para que también se suba a la cama.

Busco la cajita que había dejado sobre la mesa de noche; la abro, destapo uno de los tres empaques y dejo los otros dos sobre el nochero.

Helena observa como me acomodo el condón.

"Ven" le digo.

Levanta una de sus piernas y se sienta a horcajadas sobre mí. Toma mi miembro y con cuidado se lo introduce, comienza a moverse de atrás hacia adelante y sus gemidos aparecen con suavidad.

Con mis manos tumbo los cojines y el oso de peluche al suelo. Dejo solo la almohada para poder apoyar mi cabeza en ella. Helena sostiene sus manos en mi pecho y comienza a mover con mayor velocidad su cadera. Entonces clava el mentón en su pecho y comienza a jadear mientras mis manos agarran con firmeza sus nalgas. Su vaivén es rítmico y acelerado.

"Que rico" gime sin dejar de moverse… "Que rico Rodrigo."

Siento como comienza a frotarse con vehemencia contra mi hueso púbico y noto como su humedad comienza empapar mi región genital. Su cuerpo se deja caer sobre el mío, la escucho respirar, jadear y gemir en mi oído.

"Que rico Rodri, cómeme… Soy toda tuya"

Mis manos sueltan sus nalgas y la sujetan por detrás de los hombros mientras ella sigue moviéndose con frenesí. Mi mejilla pegada a la suya me permite escuchar como suspira por la boca con excitación… Respiro su femenino aliento.

Permanecemos unos minutos así. La cadera de Helena no ha parado de embestirme y noto como su cuerpo adquiere un espectacular brillo por causa del sudor. Le acaricio la espalda y le susurro al oído:

"Ponte boca arriba."

"Ok" Me contesta ella sin dejar de respirar por la boca.

Con cuidado se baja de mí mientras sostengo el preservativo para que no se vaya a salir.

Me incorporo y Helena toma mi lugar en la cama. Abre sus piernas, observo su delicado y hermoso sexo, me sitúo encima de ella y comienzo a entrar dentro de ella muy profundamente. Al principio me muevo con suavidad y poco a poco acelero el ritmo de mi penetración. Ella mantiene los ojos cerrados y con una de sus manos apretuja uno de sus pechos.

Comienzo entonces a besar el otro seno, lo succiono, lo lamo. Mi cadera y nalgas siguen con la tarea de embestirla de manera firme y constante. Con mi otra mano le acaricio la boca y ella comienza a lamer mis dedos. A metérselos en la boca.

Entro y salgo de ella con pasión y vehemencia durante unos minutos. La escucho gemir y suspirar con cada profundo embate que doy. Nuestro sudor se mezcla en nuestros pechos que están en contacto.

Entonces retiro mi miembro suavemente de su interior, me deslizo hacia abajo y comienzo a besar su caliente y mojada vulva. Introduzco mis dedos índice y corazón en su grieta y comienzo a ejecutar con ellos un ritmo de penetración muy suave mientras con la punta de mi lengua juego y acaricio el delicado capuchón que cubre su rosado clítoris. Escucho como sus gemidos se van haciendo cada vez más fuertes en la medida en que acelero la regularidad con la que mis dedos entran y salen de ella. Y cada vez que los introduzco ejerzo una leve presión en la pared frontal del interior de vagina. Entonces el movimiento circular de mi lengua se hace más intenso, pero ahora directamente sobre el hinchado clítoris. Helena comienza a jadear, a suspirar, a gemir con mucha fuerza.

"No pares, no pares, no pares" suplica, ruega.

´Veo como busca la almohada y se la pone en la cara para ahogar un potente grito mientras que con la otra mano me sujeta la cabeza y me la presiona con fuerza contra su húmeda y ardorosa vagina. Siento entonces como su vientre comienza a contraerse fuertemente; junta sus dos muslos con fuerza alrededor de mi cabeza y comienza a tener unos impetuosos espasmos. Helena empieza a gemir, a jadear cosas ininteligibles que son ahogadas por la almohada que se ha puesto en lo boca.

"No más, no más… Me muero Rodri" alcanzo a escuchar.

Mis dedos aminoran la velocidad y se detienen. Cuando los retiro de ella están dulcemente empapados de la miel de su ser y en mi boca tengo un delicioso sabor salado y femenino que me extasía al límite.

Helena se ha quedado quieta con los muslos cerrados y la almohada en la cara. Veo como se mueve su pecho al respirar

Acerco mi rostro al de ella, le quito la almohada y la doy un suave beso. Está aún devastada por el fuerte orgasmo pero ya un poco más calmada. Me mira con una hermosa e inocente sonrisa.

"¿Me haces venir?" le pregunto con un susurro.

"¿Cómo quieres?" me consulta besándome.

"Con la mano… Necesito poder concentrarme para poder terminar."

"Ok"

Se incorpora y yo me recuesto en la cama donde estaba ella y cierro mis ojos.

Siento como inicia a masturbarme suavemente. Entonces noto que su boca también se une y comienza a acariciar, a lamer, a succionar mi miembro. Su mano, labios y lengua empiezan a moverse casi que de manera sincronizada, muy lentamente.

El placer que me regala es inmenso y se va haciendo alucinante con cada una de sus tiernas caricias. Siento que las oleadas de éxtasis se van a desencadenar de un momento a otro.

"Yo te aviso cuando me vaya a venir" Le musito sin abrir mis ojos y sujeto con fuerza sus cabellos rizados entre mis manos.

Entonces siento que su boca me abraza y me conduce al punto de no retorno.

"Me voy a venir Helena" Le advierto jadeando y suspirando; pero ella en lugar de retirarse arremete el ritmo con el que me está devorando. Siento entonces que se me nubla la vista, estallo en mil convulsiones dentro de su boca y dejo escapar un áspero gruñido que pretendo sofocar con el puño de mi mano en mi boca.

Helena continúa besando mi pene suavemente mientras estoy ya inmóvil. Solo mi pecho sube y baja por mi agitada y fuerte respiración. Tengo la mirada en blanco.

Ella deja entonces de acariciar y besar mi indefensa hombría y se acerca suavemente a mí rostro. Entonces se queda mirándome a los ojos, acaricia mi barba y me da un tierno beso. Se deja caer tiernamente sobre mí.

No sé ella, pero yo me quedo dormido sintiendo su cálida y tranquila respiración sobre mi pecho mientras escucho la letra de la canción "Siempre Seré" de Tito Rojas...

"Y me siento un juguete en tus brazos y al mirarte pierdo la razón,
Y me vuelvo a enredar en tu cuerpo y me ahogo en el mar de tu amor
Siempre seré, quien te calme tus deseos de amar
Pero nunca llegare imaginar lo profundo de tu alma, de tu corazón
Siempre seré, la ternura que despierta pasión
Sin llegar a ser jamás la ilusión, ese amor fascinante que te enamoró."

CAPÍTULO X

Día Veintisiete de la Cuarentena.

Como dueño y administrador de una disco club me preocupa mucho el futuro económico como consecuencia de la pandemia.

Ya el presidente advirtió en su diaria alocución televisiva que toda actividad social que congregue público no podrá operar sino hasta que hayan transcurrido dieciocho meses. Es sin duda un tiempo exageradamente largo que con seguridad me exigirá reinventarme de nuevo.

Así me tocó hacerlo hace varios años cuando enfrenté una dura crisis financiera y LADIESNIGHT nació en mi cabeza como si fuera una hermosa Atenea surgiendo del cráneo de Zeus... Sí, fue una hija sin madre.

¡Como anhelo volver a mi club! Deseo la música, las luces, la alegría, ver reunido nuevamente a mi equipo de trabajo. Pero, sobre todo, las quiero volver a ver a ellas.

Nada me satisfacía más que escucharlas gritar con sus agudas y sensuales voces. Verlas reír, oírlas cantar; admirarlas bailar y, lo más importante, saber que en mi club podían olvidarse e incluso liberarse; así fuera tan sólo por un par de horas; de todas las preocupaciones, responsabilidades y estrés que cargan sobre sus delicados hombros...

No pierdo la esperanza de que así volverá a ser más pronto que tarde.

Pero por ahora, sigo en mi aislamiento. Y mientras el virus ronda yo seguiré recordando lo que sucedió hace un par de años...

*****

La luz de la mañana me golpea el rostro. Abro mis ojos…

"¿Dónde estoy?" pienso aún medio dormido.

"Un momento, ese techo no es el de mi habitación."

Abro enseguida y por completo los ojos. Me encuentro desnudo en una cama que no es la mía; miro a mi derecha y al lado veo a una delgada mujer que duerme de manera plácida dándome la espalda. Está vestida únicamente con un coqueto cachetero rosado.

Inmediatamente mi mente comienza a reconstruir los eventos de la noche anterior.

¡Me he quedado dormido en el apartamento de Helena!

Reflexiono unos instantes. La miro. Hacía mucho tiempo no amanecía con una mujer a mí lado; de hecho, no desde que me separé… Y de eso hace bastante ya.

Busco mi reloj de pulsera que había dejado en la mesa de noche. Son pasadas las seis de la mañana.

Sobre el escritorio, el computador sigue encendido, pero ya no se escucha música; solo la tranquila respiración de mi hermosa compañera de cama que está profundamente dormida.

Me pongo de pie y busco en el portátil algo suave. Me gusta la música en las mañanas. De hecho, me gusta la música siempre… Deseo escuchar algo apacible; baladas americanas de los años ochenta o noventa podría ser.

En la pantalla del portátil de Helena aparece una ventana del MSN. Sé que no estaba anoche cuando programé la playlist de salsa con la que hicimos el amor.

"Carlos…

00: 54 Hola Lena… Te he estado escribiendo y no contestas. Te llamo y se va a buzón… ¿Dónde andas?"

Recuerdo la nota de dedicatoria en el libro… "Debe ser el mismo Carlos" Intuyo.

Muevo el mouse y pongo una nueva playlist de Youtube, bajo volumen y me acuesto nuevamente en la cama al lado de Helena.

Comienza a sonar We Belog de Pat Benatar.

La abrazo por detrás y comienzo a oler su delgado y blanco cuello. ¡Dios, me encanta como huele esta mujer!

Enseguida comienzo a besarla suavemente en la nuca y en la parte superior de su espalda mientras acerco más mi cuerpo desnudo al de ella para poder sentir toda la tersura y el calor de su suave piel. Mi erección no tarda en aparecer.

Helena respira profundo, se despereza estirando sus brazos y se voltea para ponerse frente a mí. Sus ojos azules reciben la luz que proviene de la ventana… ¡Que hermosos son!

"Buenos días Rodri" me dice sonriente.

"Buenos días bonita" Le digo y la beso.

"Espera. No me he lavado los dientes" Me musita apartándose un poco aún adormilada.

"Yo tampoco" Le sonrío y busco sus labios de nuevo.

Comenzamos a besarnos con suavidad y deleite. Degusto el dulce sabor de su saliva mientras percibo como se aprietan sus senos en mi pecho y sube una de sus piernas sobre las mías.

"Creí que tenías que ir a trabajar hoy" le susurro mientras beso delicadamente los pliegues de su oreja.

"Sí, pero ayer pedí permiso en la oficina. Me debían el día por haber sido jurado en elecciones" me contesta cerrando sus ojos y encogiendo sus delgados hombros para disfrutar las sensaciones que le producen mis labios y lengua en el oído.

Mientras escucho Total Eclipse Of The Heart de Bonnie Tyler continúo ahora besándola en el cuello. Una de mis manos comienza a palpar con delicadeza su tersa espalda. La otra la dirijo al interior de su cachetero con la gustosa intensión de tocar y acariciar su sexo.

"Eres mi desayuno Helena…Desperté con mucha hambre." Le susurro sin dejar de besarla en su cuello y oído de manera dulce, gentil, suave.

No responde, solo se entrega a disfrutar de las sensaciones manteniendo cerrado sus ojos y con su boca ligeramente abierta. Comienza a suspirar suavemente tan pronto mis dedos empiezan a recorrer, a acariciar y masajear con un sutil tacto toda el área de su vulva; no tardo en percibir como va apareciendo una tibia humedad que moja las yemas de mis dedos y se extiende por los delgados contornos de sus labios vaginales.

Se separa un momento, se quita rápido los interiores y veo como los arroja al suelo. Entonces se acerca para besarme, pero ahora en forma más apasionada, con mas ímpetu. Agarra mi erecto miembro con su mano y enrosca sus piernas alrededor de mi cuerpo.

Estiro mi brazo izquierdo y comienzo a tantear sobre la mesa de noche buscando uno de los dos preservativos que dejé ahí en la noche.

Agarro un empaque, lo abro y saco el condón; cuando comienzo a colocarlo siento que ella me ayuda con su mano a desenrollar el plástico hasta la base de mi miembro. Cuando siente que está listo, lo sujeta con delicadeza y lo conduce lentamente para que se abra camino a través de su empapada y caliente hendidura.

Comienzo a moverme, a penetrarla de lado mientras ella cruza ambas piernas detrás mío. No despego mis labios de los suyos, nuestras lenguas se tocan y comienzo a acariciar su cabello.

Con mi otra mano sujeto sus nalgas, las manoseo, las recorro y estrujo con esmero. Uno de mis dedos toca suavemente su ano, lo palpo mientras mi pene entra y sale de ella con un ritmo muy apacible, pero constante.

"Que rico como me lo haces" Me susurra mientras continúo acariciándola.

Comienzo a besar sus senos sin dejar que mi cadera detenga el embriagador vaivén de mi penetración. Ahora, la luz del día me permite apreciar mucho mejor la desnudez de su cuerpo y comienzo a sentir como mi excitación aumenta al notar la manera en que sus rosados pezones se ponen erectos. Introduzco uno de sus senos completamente en mi boca y dentro de ella mi lengua comienza a recorrer y acariciar en rápidos círculos la turgente aureola sin dejar un solo instante también de succionarlo delicadamente. Permanecemos en esta posición unos minutos durante los cuales Helena comienza a gemir con una agradable suavidad.

"Quiero comerte como perrito" le musito tiernamente al oído.

Me asiente como una niña obediente. Se separa suavemente de mí y se pone en cuatro sobre la cama.

Me ubico de rodillas detrás suyo. Observo su bella grupa y le pido que separe un poco más sus piernas para poder penetrarla de forma más cómoda. Obedece, y entonces siento como mi miembro se desliza hasta tocar con mi glande lo más profundo de su íntima feminidad.

Helena se deja caer sobre sus antebrazos, pone la mejilla en el tendido de la cama y comienza a jadear mientras la embisto suave y rítmicamente.

"Rodri, dale más duro" me suplica con voz de niña.

Sujeto firmemente con mis dos manos sus caderas y acelero el ritmo de mis embates incrementando la fuerza y el impulso en cada empujón. Siento que mis nalgas y cadera comienzan a trabajar al máximo mientras entro y salgo de ella. Me veo igual como cuando realizo el mismo movimiento con una polea y peso en el gimnasio; pero como en esta ocasión no existe contrapeso, tengo más vigor para impulsar con mas ímpetu mis nalgas. Ejecuto un eterno e impetuoso vaivén de atrás hacia delante, adentro y afuera. Hago que el empuje de mis nalgas se haga cada vez más intenso, más hondo, más profundo. Mis embestidas se prolongan y me concentro plenamente en el movimiento. Me entrego con pasión a ese alucinante y embriagador ejercicio. Y en cada asalto, el sudor brota y cubre todo mi pecho y espalda. Mis ojos están engolosinados con la imagen que tengo frente a mi ingle: Su estrecha cadera, las bonitas y redondeadas nalgas, su ano y la vulva devorando todo mi pene.

"Así, Rodrigo… Dios, Rodri, me estás haciendo venir. Que rico."

La sujeto ahora con firmeza del pelo y aumento más mis masculinas embestidas. El sudor empapa mi frente y se mete en mis ojos. Me arden…

"Puta, me estoy viniendo… ¡Rodri, que rico!"

Helena grita, gime, solloza estrujando con sus manos el de por sí ya desordenado tendido de su cama.

Decido dejarme ir… Acelero el ímpetu de mis empujes hasta que termino reventando. Eyaculo todo el espesor de mi hombría en lo más profundo de su vientre y dejo escapar un grave gemido mientras los espasmos recorren todo mi cuerpo y me hacen caer rendido sobre la sudada espalda de Helena. Ella también se deja caer totalmente indefensa sobre la cama.

Permanecemos unidos, compenetrados un par de minutos. En el computador se escucha "I can't fight this feeling" de REO Speedwagon.

Noto como ella recupera un poco el aliento y se yergue sobre sus antebrazos. Me mira con un hermoso brillo en su mirada:

"Rodri, me voy a bañar."

Me separo de su interior con cuidado para que el preservativo no se salga y me deslizo a su lado sonriente.

"Yo también quiero" Le digo.

Nos metemos ambos bajo la regadera. Mientras el agua caliente nos envuelve; reímos, nos enjabonamos mutuamente y pasamos un muy buen rato.

Al salir de la ducha Helena se queda vistiéndose en el corredor donde está su closet. Yo me dirijo a la habitación para buscar mi ropa y comenzar a arreglarme.

Cuando he atado los cordones de mis zapatos, me quedo sentado en la cama y le pregunto:

¿Y qué tal el libro?

¿Cuál? Ah, el que está ahí... Duda unos momentos.

"Me lo regaló una amiga. Apenas me he leído el primer capítulo."

"Bueno, cuando encuentres el tesoro me cuentas" le digo riendo.

"¿Vos lo leíste?" Me pregunta ya vestida.

Se ha puesto una camiseta roja, unos shorts blancos y unas sandalias. Veo que trae el celular en la mano.

"Hace mucho tiempo" le respondo. Y tomando el portarretrato le pregunto mientras me pongo de pie.

"¿Quién es la otra chica de la foto?"

"Mi hermanita... Linda ¿Cierto?"

Asiento.

"¿Quieres desayunar algo?" Me pregunta revisando de manera rápida su celular.

"Sí. No es mala idea... Aunque el desayuno que me comí ahorita estuvo delicioso" Le digo acercándome a ella y dándole un beso.

Helena se ríe, se agacha para recoger la piel de cebra y la deposita sobre la cama. Entonces bajamos al primer nivel del apartamento.

Deja su celular sobre el mesón y me invita a que me siente en una de las butacas que están al frente mientras ella entra a la cocina.

"Lola debe estar ya en la oficina. Pero mira… nos dejó hecho café. ¡Tan querida ella!" me dice mostrándome una pequeña cafetera de vidrio llena de café.

Abre la nevera y saca cuatro huevos, una margarina y un paquete de salchichas que pone sobre el tablero de la cocina justo al lado de la estufa de gas.

Veo que comienza a vibrar su celular.

En la pantalla leo la palabra "Carlos."

Ella lo agarra rápido, lo observa y me mira.

"Es de la oficina. Dame un momento Rodri atiendo esta llamada, ¿vale?" Sube las escaleras corriendo.

Cuando desaparece desciendo de la butaca y entro en la cocina.

Busco en los estantes y saco una sartén, un plato hondo sopero, dos platos grandes y dos tazas. Casco los cuatro huevos y con un tenedor los bato en el plato hondo. Tomo un par de salchichas del paquete, les quito el plástico y las tajo en pequeños trozos con un cuchillo y usando como tabla de picar uno de los platos grandes.

Enciendo la estufa de gas, pongo un poco de margarina en la sartén y luego añado las salchichas cortadas para que sofrían. Mientras tanto lleno con café las dos tazas; huelo el agradable aroma y siento que aún está bien caliente.

Vierto los huevos revueltos en la sartén y aguardo con paciencia a que estén listos.

Enseguida los sirvo en los dos platos y los coloco sobre el mesón con un par de tenedores y al lado de cada uno ubico las dos tazas de café humeante.

Helena baja lentamente las escaleras. La noto pensativa e incluso un poco nerviosa; pero se sorprende mucho al ver el desayuno listo y servido.

"Si tú me diste el desayuno esta mañana lo más justo es que yo te lo de ahora" le digo invitándola a sentarse a mi lado en una de las altas butacas.

"Me gusta el café sin azúcar. ¿Está bien para ti? Le pregunto.

Toma la taza con las dos manos y me asiente pensativa sin dejar de mirarme.

Comienza a comer en silencio. Entonces me sostiene la mirada y me dice:

"Era de la oficina. Creo que voy a tener que irme para allá." Observo como estira su brazo y con su mano sujeta la mía con suavidad. Comienza a acariciar mis dedos con los suyos.

"La he pasado muy bien contigo Rodrigo; fue una noche maravillosa. Muy especial, muy bonito todo" me dice mirándome con sus grandes ojos azules y sin soltarme la mano.

"También lo fue para mí Helena." le contesto sonriendo y llevo su mano a mis labios para darle un tierno beso.

Cuando terminamos de desayunar me pongo de pie y miro mi reloj.

"Creo que es momento de irme Helena. Es hora de que todo vuelva a la normalidad" La miro y le pico un ojo.

Ella se queda mirándome vacilante.

Antes de que diga una palabra me aproximo a sus labios, le doy un suave beso y acaricio con delicadeza por última vez su cabello mojado.

"Estaremos en contacto bonita."

Entonces le señalo la piel de tigre que está colgada en la pared…

"Me quedas debiendo un baile, pero con ese traje."

Se ríe.

Me despido dándole un segundo beso.

Salgo del apartamento y del edificio. Cuando me dispongo a subir al carro me volteo y miro hacia arriba y veo que Helena me está observando desde la ventana.

Le digo adiós con la mano, sonrío y le mando un beso. Ella me corresponde alzando su mano.

La veo vulnerable.

Cuando entro al carro siento un cúmulo de emociones que se amontonan en mi pecho. Experimento aprensión, algo parecido a un vacío en la boca del estómago. Es como si me faltara el aire…

¿Será rabia acaso lo que estoy sintiendo? ¿Celos tal vez? … ¿Amor?

Me quedo unos segundos sentado frente al volante mientras respiro profundamente. Bajo la visera, me miro unos instantes a los ojos y hablo conmigo mismo.

"Rodrigo: mejor no pudo haber sido. Y todo gracias a un café…Pero ya es hora de irse. "

Comienzo a buscar mi celular en la guantera y encuentro primero el frasco de perfume. Lo destapo, me aplico un poco en las manos y en el cuello; y enseguida saco el celular.

En la pantalla veo que hay diez mensajes de whatsApp no leídos y cuatro llamadas perdidas.

Sonrío, y sin mirar quienes son los remitentes, vuelvo a dejar el frasco de perfume y el teléfono donde estaban; cierro de un golpe la guantera, reubico la visera en su puesto y enciendo el motor…

Es hora de ir a casa.

SOBRE EL AUTOR

Rodrigo Fernández Chois nació en Cali, Colombia. Economista de profesión con maestría en economía y especialista en mercados.

Escribe desde el año 2000 una columna de opinión que se ha publicado semanalmente en el Diario Occidente de su ciudad natal.

Durante veinte años ejerció la actividad gerencial en una empresa familiar de artes gráficas, pero a raíz de una crisis, se retira y comienza a desenvolverse como corredor de seguros de vida en la multinacional Metlife.

En el 2014 se independiza totalmente y da un interesante viraje a su vida creando LADIESNIGHT, un club exclusivo para mujeres especializado en celebrar despedidas de soltera.

Ha escrito para diversas revistas y realizado libros en coautoría.

Tiene tres libros de su exclusiva autoría:

Wow, Infieles y Delirios, 2009.

Mundus, Enseñanzas de un Espagueti y otros Engendros, 2011

Distopía, Memorias de un Encerrado. Libro I, 2020